bir gençlik dramı
sevda

HALİT ERTUĞRUL

bir gençlik dramı
sevda

HALİT ERTUĞRUL

Yayın Yönetmeni: Ali Erdoğan
Yayın Danışmanı: Metin Karabaşoğlu
Editör: Özlem Gölcü Candemir
Sayfa Düzeni: Özlem Gölcü Candemir
Kapak: Kenan Bıyıklı
ISBN: 978-975-269-639-6
Baskı Tarihi: Ocak 2012
Baskı Cilt: Nesil Matbaacılık
Beymer San. Sit. 2. Cad. No: 23
Yakuplu-Beylikdüzü / İstanbul
Tel: (0212) 876 38 68 pbx

NESİL
Sanayi Cad. Bilge Sok. No: 2 Yenibosna
34196 Bahçelievler / İstanbul
Tel: 0212 551 32 25 www.nesilyayinlari.com
Faks: 0212 551 26 59 nesil@nesilyayinlari.com

bir gençlik dramı
sevda

HALİT ERTUĞRUL

NESİL

HALİT ERTUĞRUL

e-mail: halitertugrul1956@gmail.com www.halitertugrul.com

Eğitimci-yazar Dr. Halit Ertuğrul, Adıyaman'ın Besni ilçesinin Şambayat Nahiyesinde dünyaya geldi. İlkokulu doğduğu yerde, ortaokul ve öğretmen okulunu da Kırşehir'de okudu. Niğde Eğitim Enstitüsü ve Gazi Eğitim Fakültesi Eğitim Bilimleri Bölümü'nü bitirdi. Cumhuriyet Üniversitesi'de YÜKSEK LİSANS; Sakarya Üniversitesi'de de DOKTORA yaptı.

Çalışmalarını aile ve gençlik problemleri konusunda yoğunlaştırdı. Yurdun çeşitli yerlerinde sınıf öğretmenliği, okul müdürlüğü, Millî Eğitim Şube Müdürlüğü ve Millî Eğitim Müdürlüğü görevlerinde bulundu.

Millî Eğitim Bakanlığı merkez teşkilâtına geçerek, Kurul Uzmanı ve Bakan Danışmanı olarak çalıştı. Akademik çalışmalarını tamamlayan Dr. Halit Ertuğrul, çeşitli üniversitelerde yöneticilik ve öğretim üyeliği yaptı. Yurtiçi ve yurtdışında çeşitli bilimsel ve kültürel faaliyetlere katılan Dr. Halit ERTUĞRUL, eğitim ve kültür alanında elliden fazla kitapları ve çok sayıda da makale ve yazıları yayınlandı. Kitapları çok sayıda ödül aldı ve çeşitli dillere çevrildi. Kitaplarının bazıları, Milli Eğitim Bakanlığı ve Emniyet Genel Müdürlüğü tarafından tavsiye edildi.

Yayınlanan kitaplarından *Kendini Arayan Adam, Düzceli Mehmet, Aysel* ve *Ateşte Yeşerdim* gibi birçok eserleri baskı rekorları kırdı. Bundan dolayı da YILIN YAZARI seçildi. Aile ve gençlik sorunları konusunda uzmanlaşan Dr. Halit Ertuğrul, bu hususlarla ilgili yüzlerce konferanslar verdi.

Bugüne kadar yaptığı çalışmalardan dolayı, çok sayıda ödül alan Dr. Halit Ertuğrul, ayrıca YILIN ÖĞRETMENİ de seçildi.

Eğitimci-yazar Dr. Halit Ertuğrul evli ve iki çocuk babasıdır.

YAYINLANAN KİTAPLARI

- 1. Kendini Arayan Adam
- 2. Kendimi Buldum
- 3. Düzceli Mehmet
- 4. Aysel
- 5. Aşk Böyle Yaşanır
- 6. Yeni Bir Hayat
- 7. Dünyayı Ağlatanlar
- 8. Uçurumdan Dönüş
- 9. Gençlik Mektupları
- 10. Adım Adım Evlilik
- 11. Aile ve Okulda Çocuk Eğitimi
- 12. Kültürümüzü Etkileyen Okullar
- 13. Dünyama Bahar Geldi
- 14. Eğitimde Bediüzzaman Modeli
- 15. Kendimizi Nasıl Yetiştirelim
- 16. Öğrencinin Başarı Kılavuzu
- 17. Öğretmenin Başarı Kılavuzu
- 18. Siz Kimsiniz?
- 19. Çocuğumu Bana Verin
- 20. Selim ve Hande
- 21. Kitap Okumada Yeni Teknikler
- 22. Bilimsel Çalışmada Yeni Teknikler
- 23. Canan
- 24. Emre
- 25. Okuyuculardan İbretli Mektuplar
- 26. Günümüzden Hizmet Öyküleri
- 27. Öğretmenlerden Hizmet Öyküleri
- 28. Aradığını Bulan Kadın
- 29. Gizemli Davet
- 30 Üniversite Sınavını Nasıl Kazandım?
- 31. Gençlik Sorunları ve Çözümleri
- 32. Şark Kızı
- 33. Son Umut
- 34. Herkesin Öğretmeni Hz. Muhammed
- 35. Said Nursi'nin Destanlaşan Hizmeti
- 36. Ezanla Diriliş
- 37. Ateşte Yeşerdim
- 38. 21 Adımda Hedef 12
- 39. Sevda
- 40. Her Yönüyle Örnek Öğretmen
- 41. Anne Baba Notunuz Kaç?
- 42. Secdede Son Nefes
- 43. Ateşte Açan Çiçekler
- 44. Vasiyet
- 45. Cennete Giden Günahkâr
- 46. Beni Bir Annem Sevmiş

ESRARENGİZ BİR TELEFON

BİR PAZAR günüydü. Masanın başında, okuyucularımdan gelen onlarca ibret dolu mektup arasında âdeta kaybolmuştum. Bu içler parçalayan hayat öykülerinin esrarlı dünyasından bir telefon sesiyle kendime geldim. Karşımda heyecandan kalbi duracakmış gibi panikleyen bir bayan vardı.

– Affedersiniz dedi, kelimeleri bölük pörçük sıralayarak. Ben Halit Ertuğrul'u arıyordum.

Heyecanını biraz olsun yatıştırmak için:

– Hangi Halit Ertuğrul, diye sordum.

– Hani şu yazar Halit Ertuğrul... Düzceli Mehmet ve Aysel gibi kitapları olan.

– Buyurun, dedim. Halit Ertuğrul, benim.

– Öyle mi Hocam, diye bir çığlık attı. İnanır mısınız, şu anda kalbim duracak sanki.

– Anlaşılıyor, dedim. Ama heyecanlanmanıza gerek yok. Çünkü ben de sıradan bir insanım. Tek farkımız; sizin okuyucu, benim de yazar olmam, o kadar.

O bana meramını anlatmadan, ben ona bazı sorular sorarak heyecanını yatıştırmaya çalıştım. Sesindeki titreşimden kendini toparladığını anlayınca da:

– Şimdi buyurun, dedim. Sizi dinliyorum.

– Ay Hocam Allah razı olsun, diye başladı konuşmasına. Neredeyse düşüp bayılacaktım. Biraz olsun rahatlattınız beni.

Kitaplarınızla tanışalı çok olmadı. Özelikle de Kendini Arayan Adam, Düzceli Mehmet ve Aysel'den çok etkilendim. İnanın bu yüzden hâlâ kendimde değilim.

Kitaplarınızın bana çok tesir etmesinin sebebi, bu olayların benzerini, belki de daha acıklısını yaşamış olmamdır. Sanki bu kitaplarda beni anlatmışsınız. Her satırında kendi hayatımı buldum.

Kendini daha fazla tutamayan bayan hem ağlamaya hem de anlatmaya başlamıştı. O anlatıyor, benim de içim parçalanıyordu. Allah'ım bu nasıl bir hayattı! Ben dinlemeye dayanamıyordum; ya bunları yaşamak!.. Düşünmek bile insanı ürpertiyor, dünyam allak bullak oluyordu.

– Kitapları bitirince düşündüm, diye devam etti. Benim de insanlara; özellikle gençlere anlatacağım çok önemli şeyler var. Yaşadığım ibret ve dram dolu olaylardan onların da ders almasını istiyorum.

Hayat öykümü mutlaka sizinle paylaşmalıyım. Bunca hayat tecrübesi, bende saklı kalmasın. Her gün aynı tuzaklara düşürülen, binlerce saf ve temiz insan var.

Ben, namus ticareti yapan zalim kişilerin ellerinden mucizelerle kurtuldum. Bu çaresizliği yaşayanlar benim kadar şanslı olmayabilir. Yaşadığım akıl almaz tuzakları anlatıp gençlere bir nebze olsun yardımcı olmak istiyorum.

Hocam, mutlaka bir şeyler yapmalıyım. Bu kahrolası günah bataklıklarında gençliğimi yitirdim. Hayatın yalancı cazibesine aldananlara ders olsun istiyorum. Başka biri benzer acıları yaşamasın.

Bu bayanın geçmiş hataları içini kavuruyordu. Acıyla çırpınan bu hanımın anlattıkları beni çok etkilemişti.

– Hocam, dedi. Bütün hayat hikâyemi anlatmak üzere sizi davet ediyorum. Adresimi veriyorum, en kısa zamanda sizi bekliyorum, ne olur gelin.

Bir yazar için bundan daha güzel bir haber olabilir miydi? Hiç zaman kaybetmeden yola koyuldum.

Kısa bir tanışma faslından sonra gençliğini hatalarına kurban veren bu hanımefendi, nefes kesen hayat serüvenini anlatmaya başlamıştı.

Bu kardeşimiz neler yaşamıştı böyle! İnsanın etini kemiğinden ayıran dehşet verici olaylar zinciriydi... Sanki dinlemiyordum da anlatılanları bütün dehşetiyle yaşıyordum.

Sevda Hanım'ın gözyaşlarıyla anlattığı bu hayat hikâyesi karşısında âdeta buz tutmuştum. Bu olayı dinleyenler de bir kez daha kendilerinden geçmişlerdi. İbret dolu, şaşkınlık dolu; hatta dehşet dolu bu olaylar bu toplumda yaşayan herkese çok önemli mesajlar veriyordu.

Bize düşen bu acı hatıraları okuyup çevremize de okutmaktı yoksa bu felaket en kısa zamanda bizim de kapımıza dayanabilirdi. Evden ayrılırken gözyaşlarım dinmemişti...

İçim titreyerek, yüreğim yanarak ve kalbim parçalanarak dinlediğim bu inanılmaz hayat öyküsü karşısında, siz de hayrete düşecek, bu sayfalar içinde kendinizi kaybedeceksiniz.

BİRİNCİ BÖLÜM

"Nasıl başlarsa öyle devam eder" demişler. Allah korusun! Eğer bu söz doğruysa daha başlamadan kaybetmiş bir insanım, demektir.

Ne yazık ki bu söz, benim için de doğru çıkacağa benzemektedir.

Hayata Gözlerimi Açtığımda İlk Gördüğüm Annemin Gözyaşlarıydı

Ölümle ilk defa doğarken karşılaştım

Her hayatın bir hikâyesi vardır. Her hayat kendine göre bir romandır; ama benim yaşadıklarımı ne öyküler taşır ne de masallar.

"Vay be...", "Nasıl olur?", "Olmaz böyle şey!..", "İnanamıyorum...", "Böylesi de görülmemiştir...", "Hâlâ yaşıyor ha!.." gibi hayret dolu sözlerle ifade edilebilecek, insanın kanını donduran bir ömür...

Böyle bir hayatı nasıl yaşadım? Böyle acılar içinden nasıl sağ çıkabildim? İnsanın beynini zorlayan, akıl sınırlarını çatlatan bir serüven benimki...

Öldürmeyen Allah öldürmüyor işte... Belki arkadan gelenlere ibret olabilmem, aynı yanlışa onların da düşmemesi için... Her şeyin dizgini elinde olan Allah, beni onun için yaşatmış olmalı...

Hayatımın çilesi doğarken başlamıştı.

Zavallı annem, babamdan yediği dayak yüzünden çok ağır kanama geçirmiş ve erken doğum yapmış. Böylece yedi aylık doğmuşum.

"Ölür," demiş çevredeki insanlar. "Hem anne hem de kız ölür. Bu kanamaya kim dayanabilir? Çocuk da yarım doğmuş. Bu da gider birkaç gün sonra..."

Doktor nerede o zaman... Doktor var olmasına var da götürecek kimse yok... Babam ayyaşın biriydi. Onun bütün dünyası içki ve içki için para bulmaktı. Hayatta neyi varsa hepsini içkiye feda edebilecek bir kişiydi. Bunun için ne annem ne de ben çok da umurunda değildik.

İçki için yedi aylık hamile eşinin elindeki ekmek parasını alamadığından dolayı, onu tekmeleyerek yerlerde sürüyen bir vicdansız...

Böyle bir babanın, çaresizce kaderine razı olan talihsiz bir ananın yarım doğmuş kızı; ben... Başıma neler geldiğini tahmin etmeye gerek var mı? Hayatın bütün tuzakları korumasız insanlar için değil mi? Benimki de böyle oldu işte...

Ah, benim gün görmemiş annem... Günlerce kanamalarla, acılarla, çaresizlikle boğuşmuş. Babamın eve gelip "Ne haldesin?" dediği bile olmamış. Sağ olsun hayırsever komşular yardım ellerini uzatmışlar; özellikle Hacer Teyze...

Annem canlı bir cenaze gibiydi

Hacer Teyze'yi bize Allah göndermiş, onu bize komşu etmişti. O olmasaydı bizim halimiz ne olurdu, bilemiyorum...

Annem kurtulmuş; ama nasıl? Hayat boyu, kansızlık, böbrek yetmezliği ve solunum rahatsızlığı çekerek... Bütün bu hastalıklar o günlerin hatırası olarak kalmış. Ben de günlerce ölümle pençeleşmişim. Zavallı annem "Ha öldü, ha ölecek" diye gece gündüz başımda gözyaşı dökmüş.

Çevremi tanımaya başladığımda, gözümün önündeki aile manzarası korkunçtu: ara sıra eve gelen alkolik bir baba... Zaten çoğu zaman içtiği yerde sızıp kalırdı. Eve geldiği zaman da âdeta kıyameti koparırdı.

Annemi ve beni acımasızca sıra dayağından geçirir, mutlaka olmayacak bir istekte bulunur, o da karşılanmayınca küplere biner, sanki ateş topu olup çıkardı. Bu yüzden babamın eve gelmesini hiç istemezdik. O, eve gelince yaşayacağımız işkenceleri tahmin ederdik. Bilirdik ki ya annemin başını, gözünü yaracak ya da beni duvardan duvara çarpıp arkasına bakmadan gidecek.

O çocukluk dünyamda o kadar korkup ürküyordum ki durmadan "Ne olur Allah'ım babamı öldür de kurtulalım!" diye yalvarıyordum.

Düşünebiliyor musunuz, beş yaşlarında bir kız çocuğu babasına düşkün olacağı bir dönemdeyken ne acı ki ona beddua ediyor... "Keşke ölse de kurtulsak" diyor...

Annem ise hayatın baş edilmez en ağır çileleriyle boğuşuyordu. Kendi hastalığı yetmiyormuş gibi bir de babamın dayanılmaz yaşantısı, benim ve erkek kardeşimin bitmez istekleri... Bu kadar yük taşınır mı Allah'ım! Çaresiz annemin her günü daha da dayanılmaz hal alıyor, sanki canlı bir cenaze gibi sürünerek yaşamla mücadele ediyordu.

Ah, annem ah! Ne acı, ne dayanılmaz günler yaşadın...

Zavallı annem çok kansız ve çok dermansızdı. Benzi sapsarı, nefes almakta güçlük çeker, boğulacak gibi olurdu. Böbreklerinden dolayı da acılar içinde kıvranıp dururdu.

Annemin çilesi yalnız bu değildi tabii... Ya evin ihtiyaçları? Kiralık bir evde, her gün tencere kaynayacak, günlük ihtiyaçlar karşılanacak...

Ya para?

Babam yanında ekmek parası getireceğine, elimizdekini de alıp giderdi. Benim çileli annem de ekmek parası bulamayınca komşudan un alır, bize ekmek yapıp karnımızı doyururdu. Hiçbir gelirimiz yoktu o yıllarda. Ama annem iyi bir terziydi. Komşular ufak tefek giysilerini anneme getirir, yardım olsun diye diktirirlerdi. Ne yazık ki annemin sağlığı bozuktu, dikiş dikmeye bile dermanı yoktu.

Ailemizin bir diğer ferdi de benden iki yaş büyük olan ağabeyimdi. Ağabeyim çok akıllı, yaşından beklenmeyen olgunluktaydı. Hâcer Teyze ağabeyimi çok severdi.

“Bu oğlan efendi olur; ama bu kız kimin başını yakar bilemem” derdi.

Ailemin geçmişi

Annemin babası Yugoslavya’dan gelip Türkiye’ye yerleşmişti. Dört kardeşin en küçüğü annemdi ve annemin diğer kardeşleri hayata erken veda etmişlerdi. Her birinin ölümü bir dram olmuştu. Dedem ve anneannem de sonraları rahmetli olmuşlardı. Yani annem kendi soyunun son ferdiydi. Bu yüzden de derdini dökecek ve sığınacak bir yakını yoktu.

Babam ise İzmir doğumluydu. Uzun boylu, sarışın ve çok yakışıklıydı. Zaten bu gösterişi onun başına bela olmuştu. Bu yüzden içki, kumar, kadın onun dünyasını oluşturuyordu.

Annem, babama çok kızdığı zaman "Yunan bozması" derdi. Bu öylesine bir öfkenin ifadesi miydi yoksa gerçekten annemin bir bildiği mi vardı; bilemiyorum. Ama bildiğim bir şey vardı ki babam çok dağınık, vurdumduymaz, merhametsiz ve Allah korkusu olmayan bir insandı.

Onun yanında din, iman ve ahlak gibi değerlerin hiçbir anlamı yoktu. Millî ve manevî duygularının körelmiş olması veya bu duyguların hiç oluşmaması, babamın taşıdığı kan hakkında kuşkuya düşmeme sebep olmuştur. Çünkü bir insan, Türk toplumu ve gelenekleri içinde yaşayıp da bu kadar ilgisiz, bu kadar vicdansız ve ailesine karşı bu kadar acımasız olamazdı.

Gençliğinde çok güzel olan annem ise hastalık ve çektiği acıların etkisiyle âdeta çökmüş, yaşayan bir ölü halini almıştı.

Hacer Teyze'nin desteği

Evimizin bu mutsuzluğunu, çaresizliğini ve kimsesizliğini bir nebze olsun Hacer Teyze telafi ediyordu.

Melek gibi bir hanım olan Hacer Teyze, sanki bizi kendi çocuğu gibi kanatları altına almıştı; her derdimize deva olmaya çalışıyordu. Annemin tek moral kaynağı, tek sırdaşı ve tek desteğiydi. Sürekli annemi teselli eder, eksiklerimizi giderir, ilaç getirir, bize giysiler bulurdu. Ayrıca "sağdan, soldan geldi" diye de her ay düzenli olarak harçlık verirdi.

O günkü çocukluk hatıralarım arasında Hacer Teyze'nin çok özlü sohbetleri de vardı. Evimize geldiğinde bizi başına toplar, iman ve Kur'an dersi verir, Peygamber'imizden, ahiretten, Allah'a kulluktan bahsederdi. O kadar güzel dinî hikâyeler anlatırdı ki onu dinlemeye bayılırdık. İbadetleri ve namazı ondan öğrenmiştik. Bize bütün duaları ezberletmişti. Ayrıca benim yaşımda bir de torunu vardı. Gelirken onu da getirirdi, onunla birlikte oynardık. En iyi arkadaşım oydu.

Hacer Teyze anneme, sürekli *Hastalar Risalesi* kitabını okur, çektiği dayanılmaz sıkıntıdan dolayı teselli etmeye çalışırdı. Sanki Hacer Teyze ailemizin reisi gibiydi. Zaman zaman işlerimizi o takip ederdi. Bu tabii ki bize Allah'ın en büyük lütfuydu. Yoksa biz bu günlere asla gelemezdik. Hele annem, onsuz yaşayamazdı.

Hacer Teyze'nin yüzü de yüreği gibi pırıl pırıldı. Sanki kalbinin merhameti ve şefkati yüzüne aksetmişti.

Babamın tek çekindiği kişi de oydu. Babam eve gelince evde Hacer Teyze varsa girmez, çıkar giderdi.

Yıllarımız dayanılması, katlanılması çok zor acılarla geçiyordu. Ağabeyimle birlikte, ihtiyaçlarımızı yeteri kadar karşılayamamanın ezikliği içinde okulumuza devam ediyorduk. Annem de ev kirası, mutfak masrafları ve ilaç parası için çırpınıyordu.

İlk felaket haberi ulaştı

Babam alkolik de olsa, eve geldiğinde bize yapmadığı eziyet kalmasa da o bir babaydı. Çoğu zaman eve gelmese bile çevreye karşı başımızda bir büyük, bir koruyucu olarak görülüyordu.

Babamdan on gündür haber alamamıştık. Annem çok telaşlandı. "Arayı hiç böyle uzatmazdı. Ne oldu bu adama?" diye sağa sola sormaya başladı. Tanıdık herkese sorduk, gittiği her yerde onun izini aradık; ama babam ortalarda yoktu.

Zavallı annem... Kendisine yapmadığı kalmayan, yıllarını zehir eden, hastalığı ve aile problemleriyle baş başa bırakan babam için az mı gözyaşı döktü. Az mı çırpınıp durdu.

Yoktu... Hiçbir yerde yoktu... Babamın bir türlü izine rastlayamamıştık. Kime sorsak "Biz de on beş, yirmi gündür görmüyoruz" diyorlardı.

Sonuç olarak o pislikler babamı yutmuştu işte. O yanlış yol, o yanlış insanlar ve o yanlış çevre, binlerce insanın hayatını mahvettiği gibi, babamı da aldı, götürdü gencecik yaşta. Hâlâ babamdan en ufak bir iz yoktur; onunla ilgili en ufak bir bilgi de ulaşmadı elimize...

Bizim kanaatimiz kör bir kurşuna hedef olup bir tarafa atıldığı yönünde. Bunun için de aradan yıllar geçmesine rağmen bir haber çıkmadı. Belki de babamın o pisliklere bulaşıp birçok masumun canını yakması ve birçok günahsızın bedduasını alması, onu da o yola kurban etti. Yani su testisi su yolunda kırıldı. Bunun adı, "etme bulma dünyasıydı".

Bizi Hacer Teyze toparladı

Ben ortaokul sonda, ağabeyim de lise ikideydi. Artık evimizin erkeği ağabeyimdi. Hem çalışıyor hem de okuyordu. Evimizin her ihtiyacını o takip ediyor, annemin iyileşmesi için çırpınıp duruyordu. Çok akıllı, çok dürüsttü. Nerede, nasıl hareket edeceğini bilen, olgun bir yapısı vardı.

Tabii Hacer Teyze olmasaydı ne yapardık bilemiyorum. Allah ebediyen razı olsun Hacer Teyze'den... O bizim hem annemiz hem de babamızdı. Çileli annem, "Allah'ıma şükür. Babanız gittiyse Rabb'im bize baba olarak onu gönderdi" diye Hacer Teyze'ye dua edip dururdu.

Babam kaybolduktan sonra o kadar bunalmıştık ki ne ev kirasını verebilmiş ne de ihtiyaçlarımızı temin edebilmiştik. Öyle ki bir ekmeğe bile muhtaç olmuştuk. Hacer Teyze bizi kendi evinin bodrum katına taşıdı. Orası bir oda, bir mutfaktı; ama hayrına bizi kira olmadan oturtuyordu; üstelik neyi varsa bizimle paylaşarak...

Elli yaşlarında varlıklı bir hanımdı. Üç katlı evinin birinci katında beyi Rahmi Amca'yla oturuyordu. İkinci katı da kızı Nur Hanım'ındı. Nur Hanım'ın da benim yaşımda Çiğdem isimli bir kızı vardı. Benim en iyi arkadaşım da oydu.

Bir taraftan ağabeyimin gayretleri bir taraftan da Hacer Teyze'nin yardımlarıyla yavaş yavaş kendimize gelmeye başlamıştık.

Bu felaket korkunçtu

Ne yazık ki başımıza gelecek felaketten haberimiz yoktu. Ağabeyimle benim okulumuz aynı bahçe içindeydi. Sabah birlikte gider, akşam eve beraber dönerdik. Ağabeyim çok kıskançtı, beni sıkı sıkıya takip ediyordu. En ufak bir yanlış bile yapmama izin vermiyordu. Kendisinin de öyle kız-erkek arkadaşlığı yönünde bir isteği, bir eğilimi yoktu.

Hacer Teyze'nin sohbetlerinden çok etkilendiği için dini bütün bir genç olup çıkmıştı. Doğrusu ben onun kadar dine yatkın değildim. Benim en büyük zevkim, iyi giyinmek, süslenmek ve çevreme kendimi kabul ettirmekti. Bu yüzden de ağabeyimle sık sık kavga ederdik. Her seferinde de bizi annem yatıştırmaya çalışır, "Oğlum, kızı fazla sıkma. O daha çocuk. Büyüyünce senin dediklerini anlar" diyerek hem beni korur hem de ağabeyimi ikna etmeye gayret ederdi.

Öğle tatilinde okul evimize uzak olduğu için okulda kalır, öğle yemeğini de ağabeyimle beraber yerdik. Bunun için de kantinde buluşur, annemin koyduğu mütevazı yiyeceklerle karnımızı doyururduk.

Her zamanki gibi kantine inip bir masa seçmiştim, ağabeyimi beklemeye başladım; ama ağabeyim bir türlü gelmedi. Neredeyse öğlen tatili bitecekti, fakat o görünürlerde yoktu. Dışarı çıktım. Ağabeyimi tanıyan öğrencilerden sorayım, dedim.

Beni Fen Bilgisi öğretmenim gördü. O da bizim eve yakın oturduğu için hem beni hem de ağabeyimi çok iyi tanıyordu.

– Ağabeyin nasıl oldu kızım, bir haber aldınız mı, diye sordu.

Bir anda beynime balyoz indi zannettim. İçim köz gibi yanmaya başladı.

– Ağabeyime ne oldu ki Hocam, diye atıldım.

Benim hiçbir şeyden haberim olmadığını anlayınca son derece sakin bir şekilde:

– Yok! Yok bir şey, dedi. Herhâlde derste başı dönmüş. Öğretmeni de "Götüreyim de bir de doktor görsün" demiş. Bunun için hastaneye gitmişler. Korkma, şimdi gelirler.

İçime öyle bir bıçak saplanmıştı ki acısı her nefes alışımda boğazımı yakıyordu. Bir anda aklım durmuştu, ne yapacağımı bilmiyordum. Kendi etrafımda deliler gibi dönüp duruyordum. Hastane çok uzaktı, yürüyerek gidemezdim. Taksi tutacak param da yoktu.

Hocama yalvardım:

– Ne olur Hocam, dedim. Ben duramam bu şekilde, beni hastaneye götürebilir misiniz?

– Tabii kızım, dedi. Elbette ki götürürüm. Gerçi korkulacak bir şey yokmuş; ama yine de kendi gözünle gör.

Oraya bayılmıştım

Hastaneye nasıl gittiğimizi hatırlamıyorum. Acil servise girdik ki ne görelim; ağabeyimi hastaneye getiren Hoca, kapı girişinde âdeta kendini öldürüyor, yerden yere atıyor. Beni görür görmez, felaketi gizleyemedi, kendini büsbütün bırakarak boynuma sarıldı.

– Onu kurtaramadık kızım, dedi. Onu uçurduk elimizden. O melek gibi tertemiz çocuğu gönderdik öte yana. O çok sevdiği Rabb'ine kavuştu.

Sanki bir alev geldi, saçlarımdan girdi bütün vücudumu yaktı, geçti. Oraya yığıldım kaldım.

Bu felakete, bu acıya nasıl dayanacaktım? Beni kim teselli edecekti? Kim bana kol kanat gerecekti? Kim beni gözü gibi kollayacaktı?

Evimizin erkeğini kaybetmiştik. O bizim her şeyimizdi, elimiz, kolumuzdu.

Önce babam, sonra da ağabeyim... Hayat ne kadar acımasız, şansımız ne kadar kötüydü... Meğer ağabeyimin kalbi hastaymış. Küçüklüğünden beri var olan bu problemi bilmiyormuşuz. Onu adım adım ölüme götüren sinsi bela, hiç haber vermemiş. Derste, öğretmenini dinlerken düşüp kalmış...

Ya annem? Onun kendini paralayışına, feryadına, kendini yerden yere atışına can mı dayanır? Dünyadaki tek ümidini kaybetmek ne demek? Yaslandığın hayat duvarının yıkılması gibi, evin başına çökmesi gibi... Günlerce, aylarca kendine gelemedi annem. Eğer Hacer Teyze olmasaydı annemin bir gün bile ayakta kalması mümkün olmazdı.

İKİNCİ BÖLÜM

Bu acılara dayanmak mümkün değildi. Sanki yaşamıyorduk da can çekişiyorduk. Herhalde böyle bir hayata "dünyadaki cehennem" denebilirdi.

Durmadan haykırıyordum:

"Allah'ım! Ya bizi kurtar ya da öldür!"

Anne-Kız Dünyada Yapayalnızdık; Tek Dostumuz Hacer Teyze'ydi

Esrarengiz bir misafir

Dünyadaki tek varlığımızı, tek ümidimizi de kaybedince hasta bir anne ve çocuk yaşta bir kız olarak yapayalnız kalmıştık. Ne annemin ne de benim böyle bir hayatı taşıyacak gücümüz yoktu. Bu korumasız hayatın önümüze onlarca tuzak ve engel hazırladığından habersiz, yalnızlık ve çaresizlik içinde ömür tüketiyorduk.

Liseye başladığımda kendimi bir genç kız yerine koyarak çevrenin beni fark etmesi için elimden geleni yapmaya başlamıştım. Bu havalı davranışların beni her türlü tehlikeye açık hale getirdiğinin farkında bile değildim.

Her şeyden mahrum olarak yetiştiğim için güya bu şekilde kendimi herkese ispat edecektim. Özellikle varlıklı arkadaşlarım arasında aşağılık kompleksi yaşamamak adına bunu bir yol olarak seçmiştim. Ama bu yanlış tercihimin bana bir felaket hazırladığından habersizdim. Genç kızlık işte, gel de anlat, anlatabilirsen...

Benim yanlış bir yolda olduğumu gören Hacer Teyze ve annem daha derli toplu yaşamam ve çevreme karşı daha dikkatli olmam için sık sık uyarıyorlardı; ama ben onlara pek aldırış etmiyordum. Genç kızlık hayallerimin tozpembeliği akıl ve mantığımı bağlamıştı; yalınızca duygularımla hareket ediyordum. Bu da bana yanlış üstüne yanlış yaptırmaya başlamıştı.

Ah, ağabeyim ah!.. Sen yaşasaydın, başımıza gelen bunca felaket yanımıza bile yaklaşamazdı. Sen olsaydın hayatımı karartan aç kurtlar asla bana zarar veremezdi. Senin yokluğun, bütün kötülükleri, bütün belaları karşımıza çıkardı.

Ben gençlik hayalleri içinde sağa sola yalpalarken bir Pazar günü evimize esrarengiz bir misafir geldi.

Uykudan yeni uyanmıştım. O gün annem sabaha kadar inlemiş, gözüne hiç uyku girmemişti. Çalınan kapıyı açtım, karşımda yaşlı bir kadın duruyordu. Tatlı mı tatlı, nurlu mu nurlu; sanki gözlerinin içi gülüyordu. Yüzüne bakınca sanki bir anda büyüsüne kapılmıştım...

– Selamünaleyküm kızım, dedi. Sabahınız hayır ola!

– Aleykümselam teyze, buyurun, dedim önünde ezilip büzülerek.

– Kızım çok susadım, bana bir bardak su verir misin?

– Başüstüne ne demek, tabii ki veririm, dedim.

Sanki bir an kendimi onun emrinde bir hizmetçi gibi hissettim. Çünkü beni derhâl etkilemiş, kendine çekmişti. Hemen mutfağa koştum, su almaya çalışırken annem seslendi:

– Kim o kızım?

– Bir teyze, susamış da su istiyor.

– Sabahın bu saatinde mi?

– Evet, sabahın bu saatinde...

Gerçekten bana da garip gelmişti; sabahın bu saatinde...

– İçeri alsana, niçin kapıda bekletiyorsun, diye selendi annem.

Bir çekim merkezi gibi beni etkisine alan bu esrarengiz teyzeyi eve almak için elimdeki bardağı bırakıp kapıya koştum.

– Teyze dışarıda kaldınız, dedim. Şöyle içeri buyurun, biraz soluklanın, bu arada ben de size su ikram edeyim.

İnsanı ta derinlerden etkileyen o büyülü bakışlarını bir müddet gözlerimden ayırmadı. Sonra da:

– Size zahmet verdirmeyeyim evladım, dedi.

– Zahmet olur mu hiç, şöyle buyurun siz...

Zaten tek odalı olan evimize aldım. Selam verdi, sonra da annemin yanına oturdu.

– Geçmiş olsun, ahiret kardeşim, dedi anneme, büyük bir şefkat ve merhametle... Sesi o kadar temiz, o kadar duru ve o kadar tatlıydı ki sanki ağzından bal damlıyordu.

Bakışları insanı büyülüyordu

Annemin elini sıktı. Kollarını ve sırtını sıvazladı.

– Allah en büyük mükâfatı hasta kullarına ayırmıştır, dedi. Hele haline şükreden, isyan etmeyen, ibadetlerini yapan hastalar var ya!

İşte onlara Cennet hurileri gıpta edecek. O hastaların yeri Peygamber'imizin sağ yanıdır.

Onlar bu dünyanın üç-beş sıkıntılı gününe bedel, ebedi Cennet saadetleriyle müjdelenmişlerdir. Seni tebrik ederim kızım. Sen de onlardan birisin. İnşallah ben de sana ahiret kardeşi olurum.

Sanki annemin hayat hikâyesini biliyor gibi konuşuyordu. Konuşurken de ahiretten müjdeler getirmiş bir melek gibiydi. O kadar saf, o kadar temiz... Öyle güzel bir koku saçıyordu ki kullandığım parfümlerden daha güzel, daha etkileyiciydi.

Getirdiğim suyu uzattım.

– Buyurun teyze, dedim.

Suyu gülümseyerek elimden aldı. Yönünü kıbleye döndü, diz çöktü, "Bismillah" diyerek üç yudumda içti. Annemle hayran hayran onu izliyorduk. Tekrar yerine oturdu ve bardağı bana uzattı.

– Su gibi temiz, su gibi aziz olasın, dedi. Suyun kirleri yıkadığı gibi, senin günahların da temizlenir inşallah. Allah sonunu hayretsin. Allah seni kendine layık bir kul eylesin...

Sanki bizi çok iyi tanıyordu

Bana dua ederken sanki yaklaşmakta olan bir tehlikeyi haber vermek istiyordu. Âdeta yanlış yolda olduğumu biliyordu da beni ikaz etmek için bu güzel sözleri söylüyordu.

Elindeki poşetten üç tane elma çıkardı. Üçünü de sağ elinin üzerine koydu. Elmalardan biri kızarmış, biri henüz olgunlaşmamış, biri de çürümeye başlamıştı. Elini bana doğru uzatarak:

– Kızım bunlardan hangisini istersen al, dedi.

Bu beklenmedik durum karşısında tam bir şaşkınlık içindeydim. Tıpkı okuduğumuz masallara benziyordu.

Her haliyle farklı bir insan olan bu hanım, tereddüt ettiğimi anlayınca elmalardan birini almam için ısrar ediyordu. O anda annemle göz göze geldik. Annemin de "Al" işaretini görünce elimi kızarmış olan elmaya doğru uzattım.

Elinde biri olgunlaşmamış ve biri de çürümeye başlamış; iki elma kalmıştı.

– Maşallah, dedi. Hanım kızım en doğrusunu yaptı.

Henüz olgunlaşmamış elma; olayları enine boyuna tartmadan, büyüklerinin tecrübesini dinlemeden aklına ve vicdanına danışmadan, hisleriyle, ani kararlar veren zayıf iradeli insana benzer. Onun daha olgunlaşmaya ihtiyacı vardır.

Çürümüş elma ise kulluğunu, niçin yaşadığını bilmeyen, öldükten sonra hesaba inanmayan, helali, haklıyı ve namusu gözetmeyen insan gibidir. Onun tadı bozulmuş ve kokuşmaya başlamıştır. Bu haliyle hem kendisi çürür hem de çevresindekilere zarar verir.

Kızarmış, olgunlaşmış elma da ailesiyle, dostlarıyla, candan sevenleriyle birlikte hareket eden, karar verirken aklı yetenlere danışan, Allah'ı bilen ve O'na layık kul olmaya çalışan bir insan gibidir. Bu insanlar hem dünya ve ahiret hayatında mutlu olur hem de çevresine güzel örnek olur.

Görüyorum ki bu hanım kızımız da olgun elmayı seçti. İnşallah o da hem annesine hem kendisine faydalı olur hem de Allah'ı unutmaz, haram yollara düşmez. Cennete layık bir hayat sürer.

Bana çok ince mesajlar veriyordu

Bu benzetmeler kafama balyoz gibi inmişti. Bu öyle müthiş bir yaklaşımdı ki incitmeden, kırmadan beni ikaz ediyor, yaptığım yanlışları derhâl düzeltmemi istiyordu. Birden içime bir şüphe düştü. Yoksa sonumun vahim olacağını mı anlatmak istiyordu?

Birden ayağa kalktı.

– Allah sizden ebediyen razı olsun, dedi. Dertlerinize sabredin, Mevla'ya şükredin. O, sabredenlerle ve şükredenlerle beraberdir. O, yalnızların dostu ve kimsesizlerin yanındadır. Sırtını O'na dayayanın, kimseye ihtiyacı yoktur.

Annem atıldı:

– Oturun ne olur, dedi. Bizim bu sohbetlere ihtiyacımız var. Evimiz müsait, erkeğimiz yoktur. Kalın biraz daha...

Hiç cevap vermedi.

– Nereden gelir? Nereye gidersiniz? Siz kimsiniz? Sizi daha tanıyamadık, diye üsteledi annem.

Başını hiç çevirmedi, soruları da duymazlıktan geldi. Yalnızca:

– Allah'a ısmarladık ahiret kardeşim, diyerek kapıdan çıktı.

Evin içinde annemle şaşa kalmıştık. Bir peri gibi süzülüp gelen, bir melek gibi sessizce giden, bir âlim gibi konuşan bu teyze kimdi?

O gün hep annemle bunun yorumunu yaptık.

Hacer Teyze ise bu hanım için:

– Bunu bilmeyecek ne var, dedi. O Allah'ın görünmeyen kullarından birisidir. Bu dünya, bu kadar zulme, bu kadar çirkinliğe ve bu kadar günahlara rağmen nasıl ayakta durur? İşte bu mübarek insanlar sayesinde...

Birkaç ay bu teyzenin etkisinde kalmıştım. Onun verdiği örnekte olduğu gibi olgun elma olmaya çalıştım; ama okul ortamı, çevremdeki bozuk arkadaşlar, etrafımda dönen art niyetli gençler beni çabuk değiştirdi. Yine o eski günlerin tehlikeli gidişine attı beni.

Nur Abla

Hayatımı büsbütün dağıttığım, erkeklerle bol bol gezip tozduğum günlerde, sınıfımızın ablası durumunda olan Nur Abla, ismi gibi nurlu bir kızdı.

Nur Abla, geçirdiği bir hastalıktan dolayı okula geç gitmişti. Bu yüzden de yaşı bizden büyüktü. Olgunluğu, ağırbaşlılığı, dindarlığı ve çalışkanlığından dolayı bütün sınıf ona "Nur Abla" derdi. Sanki sınıfımızı bir öğretmen gibi yönetiyordu. Bir gün çağırdı yanına, beni karşısına oturttu.

– Bak Sevda kardeşim, dedi. Ben seni ve aile durumunuzu çok iyi biliyorum. Biliyorsun ki bu sınıfta en sevdiğim kızlardan biri de sensin. Seni sevmemin ve sana karşı özel bir ilgi göstermemin iki sebebi var:

Birincisi benim de babam yok, ben de zorluklar içindeyim. Bu yüzden seni çok iyi anlıyorum. İkincisi de çok saf, çok temiz bir kızsın. Herkesi kendin gibi iyi niyetli sanıyorsun. Kimseye karşı bir art niyet beslemiyorsun, tedbir almıyorsun; ama son zamanlarda geleceğini tehlikeye düşürecek bazı davranışlarını görüyorum. Belki sen de farkındasın bunu. Bu konuda biraz daha dikkatli olursan, okulunu çok iyi bir dereceyle bitirirsen, üniversite sınavına yeteri kadar hazırlanıp güzel bir meslek edinirsen, hem kendini kurtarırsın hem de anneni sevindirirsin.

Anlamıştım ne demek istediğini.

– Birçok arkadaş da benim gibi Nur Abla, dedim. Biraz olayları büyütüyorsun galiba.

– Sen birçok arkadaş gibi olamazsın. Onların imkânları var, çevresi var, güçlü bir aile desteği var. Onlar başarılı olmazlarsa çok şey kaybetmezler. Çünkü ekonomik durumları iyi. Kendilerine bir iş kurar, iyi bir evlilik yaparlar, hayatlarında mutlu olabilirler. Peki, bizim gibi fakir aile çocukları, başarısız olduğunda veya başları derde girdiğinde kim destek olacak? Ellerinden kim tutacak?

Düşenin dostu olmaz

Bilirsin ki düşenin dostu olmaz. Şimdi güzelsin, alımlısın, cıvıl cıvılsın. Her erkeğin dikkatini çekiyorsun. Onların amacı, senin mutluluğun, geleceğin ve ailenin mağduriyeti değil; seni geçici hevesleri uğrunda kullanmaktır. Bunun yüzlerce örneği var. Neden görmüyorsun etrafında dönen tuzakları? Seninle ilgilenenler iyi niyetli değiller, bunu anla lütfen. Sana zarar verecekler, hayatını karartacaklar.

– Hayır, ben öyle davranışlara müsaade etmem. Hem her erkek-kız arkadaşlığı kötü değildir. Ben de bir genç kızım, benim de yaşama hakkım yok mu?

– Elbette ki var. Yaşama arzusu, eğlenmek, gezmek ve mutlu olmak senin de hakkın. Ama "ben bu hakkımı kullanıyorum" derken bütün bütün yaşama hakkını kaybedeceğinden korkuyorum.

Allah aşkına sen masum bir kız-erkek arkadaşlığına inanıyor musun? İki farklı dünya saf ve temiz olarak uzun süre bir arada kalabilir mi? Bunun kötü sonuçlarını hep birlikte görüyoruz. İşte Figen... Bileğini kesti ve intihara teşebbüs etti. İşte Banu... Terk edilince hayatı karardı. İşte Sevgi... Evden kaçtı.

Bütün bunlar ölçüsüz ve başıboş kız-erkek arkadaşlığının sonuçları değil mi?

Sen okulunu bitir, güzel bir meslek edin, bu halinle kapını çok insan çalar. O zaman istediğini seçersin. Şunu da unutma ki bir şey yaparken içine, kalbine, vicdanına sor. O sana doğruyu söyleyecektir.

Mutlaka; ama mutlaka her şeyi annenle konuş, planla, ondan sonra yap. Yoksa bu güzellik senin başını yakacak.

Bütün söyledikleri doğruydu. Eklenecek hiçbir şey yoktu; hatta çoğunu da eksik anlatmıştı beni kırmamak için.

Yine birkaç ay kendime gelir gibi olmuştum; ama önüme sunulan renkli dünya, göz kamaştırıcı iltifatlar ve etrafımda dönen delikanlılar; saf, temiz ve iyi niyetli aklımı yeniden bozmuştu. Bir kere daha yerinden oynatmıştı.

Ben adam olmayacaktım. Sanki adam olmak ve bazı gerçekleri görmek için kafamı bir taşa vurmam gerekiyordu; ama bu tecrübe hayatıma da mal olabilirdi. Nitekim o acı günlerin ucu da gözükmeye başlamıştı.

Kafama girmişti bir kere bu kurt. O sihirli dünyaya dalmak istiyordum. Görünüşte büyülü, renkli ve insanı başka âlemlere götüren o dünya çekiyordu beni.

İçki, sigara, eğlence, dost sohbetleri...

Şöhret olmak, gazetelere haber olmak...

Herkesin diline düşmek...

Bütün bunlar beni büyülüyordu.

Ya sonuçları?

İşte o bir felaket olacaktı.

ÜÇÜNCÜ BÖLÜM

Çok güzeldim, alımlıydım, gösterişliydim. Yalnızlıktan, fakirlikten bıktığım için beni fark etsinler, bana ilgi göstersinler istiyordum.

Tozpembe hayallerim vardı, havalarda uçuyordum. Ne yazık ki etrafımı kuşatan namus tüccarlarını bir türlü görmek istemiyordum.

Bunun, korkunç bir drama yol açacağını bir türlü hesaplayamamıştım.

Gençlik Hayalleri Uğruna Kaybetmediğim Bir Şey Kalmadı

Şöhret olup bu fakirlikten kurtulmak istiyordum

Ah, o günler ah... Keşke hiç yaşamasaydım. Hayatımda o acı sahneleri görmeseydim de hatıralarımın arasında böyle bir anım olmasaydı.

Gençlik işte... Doludizgin hayaller, tatlı düşünceler, renkli dünyalar... O yıllarda insan neyi istemiyor neyi düşünmüyor ki...

Lise üçüncü sınıfa geçmiştim. Her arkadaşımın bir sevgilisi vardı. Benimle de ilgilenen erkekler oluyordu. Bana ilgi gösterilmesinden çok hoşlanıyordum. İltifat edilmesini ve çevremin bana güzel bir gözle bakmasını istiyordum. Böyle bir eğilimin ve böyle bir düşüncenin oluşmasında; çocukluğumun, kimsesizlik, ezilmişlik ve mağduriyet içinde geçmesi önemli rol oynamıştı. Sanki bana iltifatlar yağınca ilk defa adam yerine konulduğumu hissederek mutlu oluyordum; ama bu işlerin sonunu hesap edecek yaşta değildim. Nitekim o felaket günleri de gelip çatmıştı.

Lise üçüncü sınıfta bana âşık olduğunu söyleyen bir delikanlıyla tanıştım. Genç bir iş adamı olduğunu söylemişti. Anlattığına göre çok zengindi ve eşi yeni vefat etmişti. Namuslu bir aile kızı arıyordu. Onunla evlenirsem anneme de bakacak, bizi fakirlikten kurtaracaktı. Bunu annemin geleceği ve mutluluğu için de istiyordum. Görüşmeleri sıklaştırdık, aradaki diyaloğu epeyce ilerlettik.

Bana verdiği bilgilere göre ailesi, benim gibi fakir bir kızı gelin olarak istemiyordu. Bunun için ailesini de kıramazdı. Çünkü tanınmış ve onurlu bir iş adamıydı. Bunu anneme anlattım, şiddetle karşı çıktı.

"Sakın ha," dedi. "Böyle bir delilik yapmaya kalkma. Yaşın daha küçük. Hele okulunu bitir, ileride daha iyi taliplerin çıkar.

Bu tür adamlara güvenilmez. Allah korusun seni yarı yolda bırakabilir. Sakın karşıma böyle bir yanlışla gelme. Çünkü ben o zaman yaşayamam."

Hem annem hem de Hacer Teyze böyle bir evliliği asla onaylamadılar. Onlar yaşlarının verdiği tecrübeyle, olacakları görüyorlardı. Ama ben, bir adım dahi ileriyi göremeyecek kadar körleşmiştim. Bir genç kız için bundan daha büyük bir felaket olur muydu?

O günlerde gazetede okuduğum bir magazin haber de bu çılgınlığa atılmamı kolaylaştırdı. Haber şöyleydi:

"Evden kaçtı, şöhret oldu. Annesinin ve babasının baskısından bıkan genç ve güzel kız, bir iş adamının yardımıyla şöhreti yakaladı. Şimdiden film teklifleri alıyor.

Tek amacım beni küçük görenlere kendimi ispat etmektir, diyor."

Bu haberi okuyunca beynimde şimşekler çaktı. Aşağı yukarı ben de aynı şartları yaşıyordum. Gerçi bana baskı yapan bir anne-baba yoktu; ama fakirliğim, yoksulluğum yüzünden kimse beni önemsemiyor, adam yerine koymuyordu. Bu zinciri kırıp bu ortamı terk etmeliydim. O zaman hem kim olduğumu ispat eder hem de annemi bu fakirlikten kurtarırdım.

Annemi hasta yatağında bırakıp evi terk ettim

Hayatımın en yanlış kararını o gün vermiştim. Maalesef bunun kendi idam fermanımı imzalamak gibi büyük bir facia olacağından habersizdim. Nihayet genç iş adamı sevgilim Hakan'la sözleştik. Onunla kaçıp kendi dünyamızı kuracaktık.

Sabahleyin hiçbir şey yokmuş gibi kalktım, süslendim, çantamı aldım ve evden çıktım. Hasta annem yatağında inliyordu. Onu göz ucuyla son kez seyrettim. Yüzündeki acı öylesine derindi ki âdeta azap içindeydi. İçim burkuldu onu o halde görünce.

Bir an yaptığım işin çok kötü bir şey olduğunu düşündüm. Yüreğimde bir yangın başladı. Nasıl olur da annemi bu halde yalnız bırakabilirdim? İçimdeki ses "Yapma!" diye çığlık çığlığa haykırıyordu.

Vazgeçmeli miydim? Hayır... Bu kısmet bir daha ayağıma gelmezdi. Hem anneme, Hacer Teyze bakıyordu. Bütün bütün yalnız değildi. İşleri yoluna koyduktan sonra gelip annemi de kurtaracaktım.

İçimdeki "gitme" sesini dinlemeden çıktım; ama çok kötü olmuştum. Bir an sendeledim. Sanki annem arkamdan, "Ne olur kızım beni yalnız bırakma!" diye haykırıyordu. Kendimi sokağa attığımda beni Hakan karşıladı.

– Ne oldu sevgilim, dedi. Yoksa annen bir sorun mu çıkardı?

– Hayır, dedim. Ondan habersiz çıktım; ama onun yalnız kalmasına dayanamadım.

Oraya oturdum ağlamaya başladım.

– Şu üzüldüğün şeye bak, dedi. Biz anneni yalnız bırakmayacağız ki... Topu topu on gün veya bir ay sürer balayımız. Sonra gelir güzel bir ev alırız, anneni de yanımıza getiririz. Ondan sonra her günümüz mutluluk ve huzurla geçer. Göreceksin sevgilim sana Cennet gibi bir hayat yaşatacağım. Bütün arkadaşların seni kıskanacaklar.

Kendimi topladım. Hakan'la arabaya bindik. Güya bütün sıkıntılarımın bittiği, bütün çaresizliğimin sona erdiği mutlu bir geleceğe doğru ilk adımımı atıyordum.

Ah, genç kızlık hayalleri ah!..

Kim bilir bu yanlışın kaç tane kurbanı vardır?

Binlerce, yüz binlerce... Nereden bilecektim ki onlardan birisi de benim...

Rüyalar ülkesine doğru

Rüyalar ülkesine doğru yol alıyorduk. Altımızdaki araba lüks ve konforluydu.

– Bunu senin için aldım, diyordu. Şoförü de senin için tuttum. Bundan sonra senin özel şoförün olacak. Direksiyondaki genç başını salladı:

– Emrinizde olacağım yenge, dedi.

Gerçekten bunlar alışık olmadığım şeylerdi. Bugüne kadar kimse bana böylesi iltifatlar etmemiş, kimse böyle değer vermemişti. Özel araba ve özel şoförlü bir hayat başlamıştı...

Altı-yedi saatlik bir yolculuktan sonra bir tatil beldesine gelip bir otele yerleştik. Yolda gelirken yeni elbiseler, yeni ayakkabılar ve yeni bir çanta almıştım. Önümde su gibi para harcayan ve beni deliler gibi sevdiğini söyleyen zengin bir iş adamı vardı. Artık paranın sözü mü olurdu?

Deniz ile ormanın buluştuğu ve insanı büyüleyen güzellikler içine kurulmuş bir otelde, Cennet gibi günlere hazırlanıyorduk. Bize ayrılan oda gerçekten de harikaydı. Tam karşımda deniz, az üstünde yemyeşil orman, gözümün alabildiğine uzun masmavi bir koy...

– On gün buradayız, dedi Hakan. Her şey ayağımıza gelecek. On gün hiçbir şey düşünmeden hayatımızı yaşayacağız.

Yolun sonuna geldiğimi anlayınca:

– Peki, nikâh yapmayacak mıyız, diye sordum.

– Resmi nikâhı döner dönmez başlatırız. Dinî nikâhı da boş ver. Ben öyle şeylere inanmam. İnsan birini istedi mi yeter. Başkalarını haberdar etmeye ne gerek var? Biz mutlu olduktan sonra ha şahidimiz olmuş ha olmamış. Değişen bir şey var mı?

Sustum... Bu rüyalar ülkesinde âdeta sarhoş olmuştum. Hiçbir şeyi düşünecek durumda değildim.

– Sen birkaç saat uyu. Ben de aşağıda bazı ihtiyaçları aldırayım. Bir de çevreye şöyle göz atalım. Gezip göreceğimiz yerleri tespit edip iki saat içinde dönerim.

Hakan çıktı; ama çıkarken gözlerinde farklı bir bakış hissettim. Sanki "Elveda ahmak kız. Son kurbanım da sen oldun..." der gibi bir hali vardı.

Ümitlerimi söndüren balayı

Üzerimi çıkardım, duş aldım, yatağa uzandım. Çok yorgundum, hemen uyumuşum. Odadaki telefon sesiyle uyandım.

– Sevgilim, dedi Hakan. Ben yukarıya çıkıyorum. Özel bir isteğin var mı?

– Hayır, dedim.

– O zaman geliyorum, dedi. Kapıyı açık tut.

Kalktım, kapıyı açtım. Hakan'ı beklemeye başladım. Az sonra kapıdan hiç tanımadığım orta yaşlı, azgın suratlı, göbekli bir bey girdi. Çok şaşırdım. Telaşla kendimi toparlayıp:

– Siz de kimsiniz, diye atıldım büyük bir panik içinde.

Hiçbir şey yokmuş gibi gayet pişkin bir şekilde, kendini karşıdaki koltuğa bıraktı.

– Çabuk çıkın odadan, diye bağırdım. Şimdi Hakan gelecek. Bunun hesabını nasıl vereceksin?

Pis pis gülmeye başladı.

– Hakan gelmeyecek güzel bebeğim, dedi. Seni benim için getirdi, görevini tamamladı, ücretini de aldı ve gitti.

Aman Allah'ım! O anda beynimde tonlarca bomba patlamaya başladı. Vücudum milyonlarca parçalara ayrılmış gibi darmadağın olmuştum. Gözlerim bir anda karardı, etrafımdaki her şey dönmeye başladı.

Olduğum yere yığılırken bir taraftan da:

– İmdat, kurtarın, diye bağırıyordum bir ümit ışığı arayarak...

Her şeyin en ince ayrıntısına kadar planlandığı bir yerde, kim gelecekti imdadıma?

Artık Sevda, diye bir kız yoktu dünyada... Kendimi kaybetmiştim her şeyimi yitirerek... Güzelliğim, saflığım ve temizliğim kirlenmiş, hayallerimle birlikte çöplüğe atılmıştı.

Bu kirli işlere bulaşmamam için annemin, Nur Abla'nın ve Hacer Teyze'nin yalvarışları film kareleri gibi gözümün önünden gelip geçti. Bu âdeta hayatın son sahnesine benzer bir veda gibiydi. Bir genç kız için başka kaybedilecek bir şeyim kalmamıştı. Kafamdaki tek düşünce, bir an evvel ölüp kurtulmaktı.

Orada on gün kaldım. Kimin girip kimin çıktığı belli değildi. Hasta annemin yanından tertemiz çıkan ben, baştan aşağıya günahlara batmıştım.

Etrafımdaki aç kurtlar hiç acımadan, hiç merhamet etmeden parçaladılar dünyamı, hayallerimi ve duygularımı. Yüzlerce, binlerce kez haykırışlarımı duymadılar, insafa gelmediler.

Ölmek istiyordum

Kaçmamam için bütün tedbirler alınmıştı. Pencereler ve kapılar kilitliydi. Odada ipe ve bıçağa benzer hiçbir şey yoktu. Kendimi, banyodaki küvette su ile doldurup boğmak istedim; ama yapamadım.

Çok korkunç bir şeydi bu. Ölmek istiyordum; ama ölemiyordum. Daha güzel bir dünya için evini terk eden bir kızın düştüğü içler acısı tablo...

Ne acı, ne korkunç Allah'ım!

On gün olmuştu annemi görmeyeli. Beni ne kadar merak ettiğini, bu on günün on seneye bedel geçtiğini çok iyi biliyordum. Artık annemi arayamazdım, onunla konuşamazdım. Bu kirli halimle onun sesini duymaya, hele ona dokunmaya hakkım yoktu.

Ah, anneciğim ah!.. Ben böyle mi olacaktım? Ben sana bunları da mı yapacaktım? Bu hasta halinle sana bu acıyı da mı yaşatacaktım?

Allah kahretsin beni!.. Ben artık adi bir kadındım. Bu toplum içinde yaşayamazdım. Ölmeliydim; hem de derhâl... Ama ölemiyordum işte... Meğer ölmek de yaşamak kadar zormuş.

Kaçtım

Odaya bir bayan yemek getirip bırakıyordu. Kadını çok sıkıştırmış olacaklar ki ağzını açıp bir kelime etmeden çıkıp gidiyordu. Orta yaşlı bir hanımdı. Yalvardım ona:

– Çocukların varsa onların hakkı için ne olur beni dinle, dedim. Beni hasta annemden ayırdılar. Babam yok.

Dünyada yapayalnızım. Her şeyimi yitirdim. Beni artık ölüm temizler. Ne olur bana ip veya bıçak getir de kurtulayım şu pislikten... Yalvarıyorum yardım et ne olur?

Kadının gözleri doldu, halime çok acıdı.

– Sana bir şey yapamam, dedi. Çünkü az ileride adamları bekliyor Yılmaz Ağa'nın...

Demek beni benden alan, beni ruhsuz bir ceset haline getiren Yılmaz Ağa denilen o lanetti ha!

– Sen buraların düzenini bilirsin. Bana bir çıkış yolu göster... Kurtar beni buradan, ne olursun!

Adına kaçmak mı, kurtulmak mı diyeyim yoksa daha fazla batağa saplanmak mı?

Sağ olsun kadın beni oradan kurtardı. Kendimi şehre zor attım, ama nereye? Kime gideyim? Kimin kapısını çalayım? Kimden yardım isteyeyim? Sokak ortasında beş parasız, her şeyimi yitirmiştim artık. "Ya Rabb'i bana yardım et" diyemiyordum. Hangi yüzle "Yardım et" diyecektim? Bu kirli, günahkâr halimle mi, yoksa annesini can çekişirken tek başına yatakta bırakmış hayırsız bir evlat olarak mı?

Çok çaresiz ve çok açtım. Bir simit aldım, bir parkın duvarına yaslandım. Kafamın içinde dolaşan binlerce keşmekeşten başka hiçbir şey görmüyordum. Çaresizlik içinde kaybolmuştum...

Hizmetçi ilanını gördüm

Simidin sarılı olduğu gazete parçasında bir ilan ilişti gözüme: "Yaşlı bir kadına bakmak üzere deneyimli bir hizmetçi aranıyor."

Çaresizliğime küçük bir çare olsun diye ilanda verilen numarayı aradım. Telefona gerçekten yaşlı bir bayan çıktı. Adresi tarif etti, "Gelin görüşelim..." dedi.

Bir taraftan içimde küçük bir umut ışığı yanmıştı bir taraftan da kuşku. Yine aynı manzarayla karşılaşacağım endişesi vardı. Ama açtım ve sokak ortasındaydım. Hiç olmazsa yatacak bir yerim olurdu.

Birbirine zıt, binbir düşünce içinde buldum evi. Kapının ziline bastım. Yaşlı bir bayan göründü.

– Gel kızım, dedi güvenilir bir ses tonuyla. Sen o telefon eden kişi olmalısın, değil mi?

– Evet, dedim, ben oyum.

İçeri aldı.

– Bak kızım, dedi. Bu ilanı duyan çok kişi başvurdu bize. Biz kimseyi kabul etmedik. Çünkü burası onurlu bilinen bir yer. Evimize gelen hanım da dürüst ve namuslu olmalı. Beni görüyorsun. Ben yalnız yaşıyorum. Elim ayağım tutuyor. Bana arkadaşlık edeceksin o kadar. Bazen de ufak tefek eksiklerimi göreceksin.

– Ben tam aradığınız vasıflardaki bir insanım, dedim çaresizlik içinde... Her dediğinizi yaparım. Beni kabul edin lütfen.

– Dur öyleyse acele etme. Seninle uzun uzun konuşmam lazım. Hele sen otur, dinlen. Daha zamanımız çok.

Bir koltuğa oturdum. Ev çok geniş, çok konforlu ve titizlikle döşenmişti. Bu kadar geniş bir evde bu yaşlı kadının yalnız başına yaşadığına akıl erdirmek zordu. Kuşkulanmıştım; ama kadının olgunluğu bana biraz olsun güven vermişti. Az sonra beni mutfağa çağırdı.

– Gel kızım, dedi. Önce şu karnımızı güzelce doyuralım, sonra da oturur konuşuruz.

Mutfağa geçtim. Harika bir yerdi. Sanki lüks bir salona benziyordu. İlk defa görüyordum böyle yerleri. Doğrusu gözümü kamaştırdı. Bir taraftan böyle bir yerde çalışacağım için içime umut doğuyordu. Ama ne ümit!.. Ümitsizliğin ümidi, acının acısı...

Beni konuşturdu uzun uzun. Tabii ki hoşuna gidecek şekilde anlattım. Başka bir şehirden geldiğimi, ilanı bir arkadaş kanalıyla öğrendiğimi, annemin hasta olduğunu, iyi bir bakıcılık deneyimine sahip olduğumu söyledim. Hanıma dikkat ettim. Bu acıklı öyküyü pek de dinlemiyordu. Yani anlattığım şeyler umurunda değildi. Sanki laf olsun diye beni konuşturuyor gibiydi.

– Tamam, dedi. Seni alıyorum. Madem eviniz burada değil. Sana bir yatak veririm. Burada kalırsın. Bazen evime akrabalarımın çocukları gelir. Onlardan endişelenme. Burası namuslu bir yerdir.

Bir darbe daha

İki de bir namustan söz etmesi şüphelerimi arttırıyordu. Sanki var olan bir lekeyi silmek için özel bir çaba içindeydi. Bana bir oda gösterdi.

– Sen burada kalacaksın, dedi.

Burası bir oda değil, sanki ev içinde müstakil bir ev gibiydi. Oda içinde tuvalet ve duş vardı. Mini bir mutfak, televizyon... Bir de buzdolabı...

Şaşırmıştım doğrusu... Demek ki buranın da planı böyleymiş, diye düşündüm. Akşam olunca odama çekildim. Yine aynı şaşkınlık, yine aynı manzara... Odaya orta yaşlı bir adam geldi.

– Kimsiniz siz? Ne istiyorsunuz, diye sordum.

– Korkma, dedi. Ben yabancı değilim. Buranın sahibiyim.

Yine ustaca bir oyun ve yine çıkılmaz bir tuzak... Ayağın kaymaya görsün bir kere et peşindeki akbabalar, kokuyu çabuk alıyorlar.

– Buranın sahibi teyze, dedim. Ben ona bakmaya geldim.

– Hoş geldin, sefalar getirdin, dedi. Doğru yere gelmişsin. Buranın hizmetçisi eksik olmaz. Birisi gider, birisi gelir.

Çaresizliğimi anlayınca yalvarmaya başladım:

– Ben kimsesiz bir insanım. Hiç değilse bunun için acıyın, yapmayın.

Kapandım ayaklarına, feryatlar içinde merhamet dilendim. Taş kalpli adamın hiç umurunda değildi ruhumda kopan fırtına.

– Sen Allah'tan korkmaz mısın? Senin çocukların yok mu? Bunun bir de hesabı var.

Kime yalvarıyordum? Bu işi yapan Allah'ı bilir miydi?

– Ben öyle şeylere inanmam, dedi. Allah, ahiret, kader ve bilmem ne! Yok öyle şeyler. Her şey bu hayat. Yiyeceksin, içeceksin ve keyif süreceksin kızım. Ötesi beni ilgilendirmez. At onları kafandan. Birazcık beynin çalışıyorsa hayatını yaşa. Gençken, tazeyken, hayat sana gülerken... Korkma öyle günahtan, Allah'tan, ahiretten... Eğer o dediklerin olsaydı Allah gelir seni kurtarırdı. Hani kim görmüş söylediklerini? Oralardan kim haber getirmiş? Kadermiş öyle mi? Her insan kaderini kendi yazar. Eğer kaderde varsa niçin Allah sana kötü kader, bana da iyi kader yazmış?

İnanma bunlara. Kafanı bu saçma şeylere takarsan hayatın zehir olur. Hiçbir şeyden zevk alamazsın. Eğer bunları kafandan silersen nerede akşam, orada sabah... Gel keyfim gel...

Tamam mı?

Şimdi uslu ol, öyleyse...

Böyle hayat olmaz olsun

Beni yine kapattılar bir odaya. Hizmetçi olmak ve yaşlı bir kadına bakmak niyetiyle gelmiştim. Bunu bile çok gördüler.

Her akşam bir günah ziyafetinin baş aktörü bendim. Her akşam bir başka arzunun kölesiydim. Her gün ruhumdan bir parça kopuyor, her gün kendimi biraz daha kaybediyordum. Olmaz olsun böyle hayat...

İnsanların arzularına köle olmak, bir özgürlüktü ha! Bu nasıl lezzet almak, bu nasıl keyif sürmekti... Bunu hayvanlar bile kabul edemez.

Kapı üstüme kilitliydi. Dışarı çıkamıyordum. Dışarıdan gelen, anahtarla kapıyı açıp geliyor, giden kapıyı üstüme kilitleyip çıkıyordu. Kaç gün olmuştu geleli bilmiyordum. Zaman kavramını yitirmiştim, geceyi-gündüzü ayırt edemiyordum. Yaşadığımdan bile emin değildim. Bazen beynim duruyor, kendimi bile unutuyordum. Gelip gidenlerin bile farkında değildim. Artık hiçbir şey umurumda değildi. Çünkü tamamen kendi dünyamda kaybolmuştum. Ruhsuz cesettim artık. Yalnızca annemin sesi geliyordu kulağıma:

"Kızım neredesin? Ölü müsün? Sağ mısın? Bana bir haber ver. Artık dayanamıyorum. Gel artık, gel... Seni çok özledim. Her günahını affetmeye hazırım. Yeter ki gel..."

Allah kahretsin beni... Benden adi, benden günahkâr kimse var mı? Annesine böyle bir acıyı çektirene insan denir mi?

Baygın numarası yaptım

Yine kapı açılıyordu. Yine uğursuz bir adam girecekti odaya. Aklıma aniden bir fikir geldi. Kendimi yere attım. Baygın numarası yaptım. Odaya giren adam "Bu kız ölmüş!" diye bağırdı. Ben ise kendimi kontrol etmek için yoğun bir çaba içindeyim. Yaşlı hanım geldi. Ardından bir adam daha. Üç kişi benimle ilgileniyordu. Nabzıma baktılar.

– Yaşıyor, bayılmış olmalı, dedi birisi. Kolonya getirin, biraz sonra ayılır.

Hanım korktu.

– Kötü bir şey olabilir, ya ayılmazsa? Yine başımız polisle derde girer. Kurtulalım şu kızdan. Nasıl olsa her gün biri geliyor.

– Nasıl kurtulalım, diye sordu yanındaki adam.

– İndirin garaja, atın arabaya götürün. Yolda ayılırsa geri getirirsiniz. Ayılmazsa şehrin dışına bırakın gitsin.

– Ya ayılır da polise giderse?

– O zaman vurun başına bir taşla, gebertin.

Her ne kadar baygınlık numarası yaptıysam da bana yapacaklarını duyunca dehşete kapıldım. Sonra kendimi iyice kontrol ederek belli etmemeye çalıştım. Bir yandan da beni öldüreceklerine çok memnun oluyordum. Bu işi ben beceremiyorum, bari onlar yapar da hayat denilen bu zindandan kurtulurum, diyordum.

– Sen götür Ekrem, dedi yaşlı kadın. İşini bitirmeden de dönme. Başıma bela edersen başını koparırım, bilesin.

Beni kucakladılar, aşağıya indirdiler. Gözümü hafiften açtım ki Ekrem dedikleri genç bir delikanlı. Onu ilk defa görüyordum. Beni arabanın arka koltuğa yatırdı. Kendisi de direksiyona geçti. Evden hızla uzaklaştı. Araba süratle yol alıyordu. Ben de kendimi ölüme hazırlıyordum.

O dehşet dakikalarını anlatamam. Bazen "Öleceğim!" diye seviniyordum bazen de başıma inecek taşın korkusundan kalbim fırlayacakmış gibi oluyordu.

"Beni öldür" diye bağırıyordum

Taksi, şehrin dışına çıktı ve bir ormanlık yola döndü. Etrafta çam ağaçları vardı. Son derece ıssız bir yer olduğu belliydi. Taksi durdu, ben de ayağa kalktım.

– Beni öldüreceksin öyle mi, dedim.

Ekrem birden bana döndü:

– Her şeyi duydun ha, dedi. Ben emir kuluyum, ne derlerse onu yaparım...

– Çabuk ol, dedim. Panikleyip korkmadan şu işi bitir. Zaten yaşamamı gerektirecek bir şey kalmadı dünyada.

Taksiden kendim indim. Büyükçe bir çam dibine oturdum. Ellerimi yüzüme kapadım.

– Haydi, dedim. Bana yapacağın iyiliği, çabuk yerine getir. Sana kızmam; hatta teşekkür ederim.

Bir müddet ayakta öylece kalakaldı Ekrem... Eminim ki müthiş bir vicdan muhasebesi içine düşmüştü. Ruhunda esen fırtınanın şiddetini yüzünden okumak mümkündü.

Karşıma çömeldi.

– Sen kimsin, dedi. Necisin? Buraya nasıl düştün?

Bu sözü duymamış gibi yalvarıyordum durmadan:

– Vur da şu taşı, öldür beni. Buna çok ihtiyacım var.

– Sana yardım etmek istiyorum, dedi. Bu güne kadar hiç kimseye kötülük etmedim. Hiç kimsenin kanına girmedim.

– Öyleyse orada ne işin var, diye bağırdım.

– Ben de senin gibi iş arıyordum. Ellerine düştüm, kurtulamıyorum. Beni bir uşak gibi ayak işlerinde kullanıyorlar. Benim o pis işlerle alâkam yok.

Ses tonundan sözlerinin doğruluğu anlaşılıyordu veya en azından bu rolü iyi yapıyordu.

Ölmek istiyordum, ölemiyordum

Anlattım tüm olanları...

– Seni kurtarmalıyım, dedi. Seni öldüremem asla...

– Nasıl yapacaksın bunu?

– Seni bırakıyorum, git. Şikâyetçi olma. Ben gerisini iyi bir yalanla kapatırım.

– Hayır, diye atıldım. Benim gidecek hiçbir yerim yok. Aynı tuzaklara, aynı pisliğe tekrar düşmek istemiyorum. Ne olursun öldür de kurtar beni.

Ben bitmiş, tükenmiş bir insanım. Beş parasız, bilmediğim bir şehirde ne yaparım? Bu halimle anneme de dönemem. Günahını bana yükle, bitir ne olur şu işi...

Tuttu kolumdan:

– Gel de bin şu arabaya, dedi. Ben seni öldüremem. Ama illa da ölmek istiyorsan bu işi kendin yaparsın.

"Ah, bir yapabilsem!..

Ah, ölebilsem!.." diye sayıklıyordum...

Ölmek istiyordum, yalvarıyordum; ama olmuyordu.

Şu çaresizliğime bakın ki ne yaşayabiliyor ne de ölebiliyordum. Böyle bir hayat olmaz olsaydı.

– Bak, dedi. Ben evliyim ve üç yaşında bir kızım var. Seni evime götüreyim. Kendine münasip bir yer bulana kadar orada kalırsın.

– Asla, diye bağırdım. Artık kimseye inanacak halim kalmadı. Herkes namussuz, herkes yalancı ve herkes aç kurtlar gibi et peşinde...

– Kardeşim, dedi. Halimden belli olmuyor mu? Eğer ben sana kötülük etmek isteseydim burada baş başayız, yalnızız. Buna kim engel olabilir? Ama öyle bir insan değilim. Tek arzum sana yardımcı olmak. Gerisini sen düşün.

Beni evine kabul etti

Taksiyi hızla sürdü, oradan uzaklaştık.

Kafamda binlerce, milyonlarca bilmece vardı. Neyi, nasıl yapacağımı bilemiyordum. Elimi nereye atarsam atayım, tutunacak bir dal bulamıyordum. Kime güvensem, ihanet görüyordum. Allah'ım ne yapacaktım şimdi?

Şehrin içinden geçiyorduk.

– Kararını ver, dedi Ekrem. İnecek misin yoksa benimle eve mi geleceksin?

– Size yük olmak istemem, dedim. Bu halimle kimsenin evine sığınamam. Eşin yanlış anlar. Aranız açılır. Buna hakkım yok.

– Yok, dedi. Orasını merak etme. Eşim dünyanın en iyi insanıdır. Bize bir zararı olmaz. İstediğin kadar kalabilirsin.

Şimdi ne yapmam lazımdı? Bu adama inanabilir miydim? Bu karanlık dünya içinde, böyle iyi niyetli insanlar da var mıydı?

Sesimi çıkartmadım. Ekrem de arabayı evine sürdü. Gerçekten de çok iyi bir eşi vardı. İnsan bu kadar anlayışlı, içten ve bu kadar merhametli olabilir miydi? Demek ki hâlâ iyi insanlar da yaşıyordu...

Eşi Selma Hanım, bana tam bir ablalık yaptı. Hayatımın her anını öğrenmişti. Yine de beni en değerli bir misafir gibi ağırladı.

Ekrem sağ olsun bana bir iş buldu. Bir kuaförün yanında çalışmaya başladım. Ama orada da rahat değildim. Yine etrafımda bir sürü fırsatçı geziyordu. Nereden de öğrenmişlerdi varlığımı? Ben o kadar uzak kalmak istiyordum bu pislikten; ama yakamı bir türlü bırakmıyorlardı koku almış namus tüccarları. Ekrem'in evinde bir ay kaldım. Daha sonra da bir pansiyona çıktım.

Olmuyordu, olmuyordu... Bir türlü düzelemiyordum. Annem, içimde bir ok gibi, her an yüreğimi kanatıyordu. Ya ölecektim ya da gidip annemi görecektim. Bu düşünce beni gittikçe sıkıp bunalttı. İki yoldan birini tercih etmem gerekiyordu. Yoksa bu hayatı kaldıramayacaktım.

DÖRDÜNCÜ BÖLÜM

Kişiliğini, onurunu, namusunu, hayallerini ve ümidini kaybeden bir genç kız ne yapar? Ben de onu yapmaya karar verdim.

Tek yol kalmıştı önümde…

Ben Yaşamıyordum; Âdeta Canlı Bir Cenazeydim Artık...

İntihar etmeye karar verdim

Benim için her şey bitmişti. Ruhunu yitirmiş bir cesedin dışında kaybetmediğim hiçbir şey kalmamıştı. Ben çok adi, sıradan, kirlenmiş ve en ağır günahlara bulanmış bir insandım artık. Bu dünyada yerim kalmamıştı. Çevremdeki insanları kirletmeye ve onların midesini bulandırmaya da hakkım yoktu.

Gencecik bir hayat başlamadan bitmişti. Umutlarım, beklentilerim, genç kızlık hayallerim namus avcılarının sofrasında paylaşılmış, bana sadece pişmanlık ve gözyaşı kalmıştı.

Ah, annem ah!.. Sen beni bunun için mi yetiştirmiştin? Sen, o dayanılmaz hastalığın ve acılarınla, bunun için mi beni koklayıp bağrına basmıştın? "Benim kızım hanım olacak, benim kızım herkese örnek olacak" deyip ümitlenmiştin. Çok üzgünüm anne, çok. Seni hayal kırıklığına uğrattığım için çok üzgünüm... Ben sana layık bir evlat olamadım. Bu vicdansız, bu insafsız insanlar, güzellik adına her şeyimi aldılar.

Şimdi sokak ortasında yapayalnızdım. Yine işten ayrılmıştım ve iki gündür açtım. Artık kendimi bile taşıyamıyordum. Bir kuru ekmeğe muhtaç olmuştum. O renkli dünyalar, herkesin gıptayla baktığı şan, şöhret beni buralara getirdi.

Karar vermiştim, intihar edecektim. Artık bu acıyı taşıyamıyordum. Gücüm bitmişti, dermanım tükenmişti. Özünü kaybetmiş, çürük, kof bir iskelettim artık. Et yiyen canavarlara satacak bir şeyim kalmamıştı.

Parkın kenarındaki küçük incir ağacının dibine oturdum. O kadar tükenmiş bir haldeydim ki yalvarıyordum: "Ölüm neredesin? Ne olur gel artık!"

Gelmiyordu işte, gelmiyordu...

Bu halimle eve hiç dönmedim. Zaten ev dediğim de Hacer Teyze'nin evinin bodrumunda tek odalı bir yerdi. Annemi bırakıp şöhret olmak için kaçtığımda, annem yatağında inliyordu.

Ah, ben ne vicdansız ne akılsız bir kızmışım böyle... Bir anne bu halde bırakılır mıydı hiç? Genç kızlık hayallerimin kurbanı olmuştum. Zaten o tozpembe hülyalar değil miydi beni buralara getiren?

Ah, biricik annem ah!.. Bilmem ki ne haldesin. Aylar oldu senden haber almayalı. Artık dönmeye cesaretim de yok gücüm de...

Yaşıyor musun, öldün mü bilmiyorum. Bu katil dünyada ölmek, yaşamaktan daha iyi.

Ben yaşıyorum da ne oldu sanki! Bu kirli, bu günah dolu hayat serüvenine başlamadan, ölsem ne olurdu? Bari tertemiz giderdim gideceğim yere... Hiç değilse vicdanım rahat olurdu, kişiliğim temiz kalırdı; tıpkı ağabeyim gibi...

Hayatla ölüm arasında müthiş bir keşmekeş yaşarken bitmiş, tükenmiş olan vücudum daha fazla dayanamamış olacak ki oraya sızıp kalmıştım.

Müthiş bir rüyaydı

Düşüp kaldığım yerde gördüğüm bir rüya, bir anda hayatımın akışını değiştirdi. Annemden ayrıldığımdan beri ilk kez onu rüyamda görüyordum. Pırıl pırıl, tertemiz bir yerde, annem çıktı karşıma. Çok güzel giyinmiş, iyileşmişti. Kilo almıştı. Yüzünün solgunluğu gitmiş, ışıl ışıl olmuştu siması. Yanında da rahmetli kardeşim vardı. Beni reddedecek, kovacak ve bu kaçışın hesabını soracak diye beklerken bütün şefkati ve sevgisiyle:

– Kızım, diye sarıldı bana. Seni çok özledim. Durma çabuk Hacer Teyze'ye git. O seni bekliyor. Bu benim senden istediğim son şey... Haydi, çabuk git.

Ne olduğunu anlayamadan uyandım. Etrafımda kimse yoktu. Parkın içinde dertlerime gömülmüş durumdaydım. Damarlarımı kesip intihar etme fikri beynime yerleştiği için ilk anda annemin bu arzusunu dikkate almadım.

Ölmeye karar vermiş, hayatı pisliklere bulaşmış bir kız, Hacer Teyze gibi dünyalar iyisi bir hanımın karşısına nasıl çıkabilirdi? Günahlara batmış bu halimle, onun tertemiz elini nasıl öpüp kirletebilirdim?

Ah, annem ah!.. Sen benim ne durumda olduğumu bilmiyordun ki...

O anda aklıma şimşek gibi bir acı girdi, çakıldı. Yoksa annem ölmüş müydü? Eğer yaşıyorsa neden "Beni ziyarete gel" demedi, "Hacer Teyze'yi ziyarete git..." dedi? Niçin bu senden son arzum, diye ısrar etti? Ne yapacaktım? Hayatında ona acı çektirmekten başka bir şey yapmamış olan ben, onun son arzusunu göz ardı mı edecektim? Yoksa her şeyi göze alarak Hacer Teyze'ye mi gitmeliydim? Zaten annem Hacer Teyze'nin bodrumunda oturuyordu. Eğer yaşıyorsa intihar etmeden önce annemi de ziyaret etmiş olurdum. Kararımı değiştirdim. Önce annemin isteğine uyarak Hacer Teyze'ye gidecektim; sonra da intihar...

Tek düşüncem bizi evladı gibi büyüten, bize değer veren o melek gibi hanımın karşısına nasıl çıkacağımdı... Daha da önemlisi acı içinde bıraktığım annem, beni nasıl bağışlayacaktı?

Ben zaten yaşayan bir ölüyüm, dedim kendi kendime. Ne söyleyecekleri umurumda değil. Ne derlerse desinler. Birkaç gün sonra intihar edince bütün bunlar geride kalacak zaten...

Annemin dediğini yaptım

Gittim. Gittim; ama affolmaz hatalarımla, kirlenmiş onurumla, pazarlanmış namusumla... Bu durumu yaşamak şöyle dursun, hayal etmek bile insanın midesini bulandırıyor...

Bir öğle üzeriydi. Önce annemin kaldığı bodruma indim. Baktım kapı kilitli. Kapı önünde ayakkabı falan da yok. Kapıyı çaldım, zile bastım, ses yok.

"Herhâlde," dedim. "Annem yukarıda Hacer Teyze'de olmalı yoksa başına bir şey mi geldi? Gerçekten öldü mü annem?"

İçime müthiş bir sızı çöktü, beni bir anda dermansız düşürdü. Olduğum yere oturdum. Bir müddet kendime gelemedim. Sonra bir üst kata Hacer Teyze'nin evine çıktım. Kapı önüne gelince beni müthiş bir heyecan bastı. Kendi içimde inanılmaz bir mücadele veriyordum. Ne olacaktı şimdi? Günahların her türlüsünü işleyen kız, yalan mı söyleyecekti? Hikâyeler mi uyduracaktı yoksa oturup ağlayacak, kendisini affettirmeye mi çalışacaktı?

Bilmiyordum... Kendi içimde bu mücadeleyi sürdürürken kapı açıldı. Bir anda Hacer Teyze'yle göz göze geldik.

Allah'ım şu yüze, şu gözlere, şu temizliğe bak... Sanki beni haliyle, duruşuyla yeniden çarpmıştı.

Melek gibi bir hanım

Bir müddet o tatlı bakışlarını üzerimde gezdirdi. Sonra da heyecanla:

– Sen bizim Sevda değil misin, dedi.

Başımı yere eğdim. Bir anda utancımdan ve mahcubiyetimden sırılsıklam olmuştum. Daha cevap vermeden, o şefkatli kollarıyla beni sımsıcak sardı.

– Ah kızım, Sevda'm, dedi. Demek sen ha! Seni ne kadar özledim bilemezsin.

Tuttu kolumdan:

– Gel hele gel, dedi. Seninle konuşacağımız çok şey var...

Beni evine aldı. İnsanın içini açan, ruhunu aydınlatan pak, temiz bir ev. Bu evde ciğerime kadar işleyen huzur dolu bir koku vardı sanki...

Bir anne şefkatiyle çırpınıyordu Hacer Teyze. Bunlar yapmacık haller değildi. Sevginin, içtenliğin, ilginin yansımalarıydı.

– Canım yavrum, dedi. Çok yorgun, çok bitkin görünüyorsun. Uzak yoldan gelmiş olmalısın. Gel güzel bir banyo yap. Sana temiz çamaşırlar çıkarayım. Sonra da şöyle anne-kız gibi konuşalım.

– Annem nerede Hacer Teyze, diye atıldım.

O nurlu yüzünde bir anda bulutlar oynaştı, tatlı gözlerinde nemler oluştu, gözyaşları sıraya dizildi.

İçime bir sancı düştü. Bir anda bütün vücudumu alev alev sardı. Tahmin ettiğim doğruydu. Annem rüyamda başka dünyalardan seslenmişti bana.

Korkarak, ürpererek ve içim kanayarak:

– Öldü mü yoksa diye atıldım, kollarına doğru...

– Allah'ın takdiri kızım, dedi elem dolu bir ses tonuyla...

Bu haber içimi kavurdu

Kendimi attım yere, o anda... Bu son yıkılışımdı benim. Dünyadaki tek varlığım da gitmişti. Artık beynimde çakan şimşekler bana şu kararı kesin bir şekilde imzalatmıştı:

"Bir an önce bu işi bitirmeliyim!"

Hacer Teyze kollarımdan tuttu, bana bir anne şefkatiyle sarıldı tekrar.

– Sen bilmiyorsun kızım, dedi. O öyle güzel bir ölümle gitti ki ona gıpta ettim, ona imrendim. Yalvardım günlerce, Ya Rabb'i beni de böyle al, diye...

Sana her şeyi anlatacağım. Her şey çok güzel oldu. Bana inan yavrum. Çok sevineceğin haberler vereceğim. Hiç üzülüp ağlama, sevin, gurur duy annenle... Onu Rabb'im, öyle bir güzellikle yanına aldı ki o anın mutluluğunu sözle anlatamam. Hayatı boyunca böyle mutluluk görmemiştir zavallı...

Hacer Teyze o tatlı diliyle beni teselli etmeye çalışıyordu. Kalbinde inanç, iman, ahiret ve Allah adına her şeyi tüketmiş olan kalbimi ümitlendirdi, rahatlattı.

Başımı kaldırdı, pamuk elleriyle gözyaşlarımı sildi. Yanaklarımı defalarca öptü, saçlarımı şefkatle okşadı.

Ben layık değildim bu sevgiye. Ben layık değildim bu ilgi ve merhamete. Ama Hacer Teyze âdeta bir iyilik perisiydi. O çok şeyin farkında olmasına rağmen hiçbir şey hissettirmiyordu.

Vücudumun kiri temizleniyordu, ya ruhumun?

Önce beni zorla banyoya soktu. Sonra da bana tertemiz çamaşırlar verdi. Belki de aylar sonra ilk defa tertemiz bir suyla kirlerimi döküyordum. Vücudumun kirleri gidiyordu; ama ruhumun pisliği olduğu gibi duruyordu.

Banyodan çıktım ki masaya güzel bir sofra kurulmuş. Neler yoktu ki... O cömert, o hayırsever elleriyle neler yapmamıştı ki...

Oturttu beni karşısına. Üç gündür açlık içinde kıvranan ben, boğazıma kadar doymuştum. Hem karşılıklı yemek yiyor hem de Hacer Teyze'den annemi dinliyordum.

– Senden sonra dayanamadı, dedi. Seni çok özlüyordu. Başına bir iş gelmesinden korkuyordu. Ben de onu hiç yalnız bırakmadım. Çok defa aşağıda beraber yatıyorduk.

Hayatının son zamanlarında melekleşmişti sanki. Bütün ruhuyla, bütün kalbiyle Allah'a yönelmiş, gözü O'ndan başka hiçbir şeyi görmüyordu. Sabahtan akşama kadar, akşamdan da sabaha kadar dilinden Allah'ı düşürmüyordu. Hem bana hem de sana dualar ediyordu.

Vefatından bir gün önce, "Hacer Abla," dedi. "Kızım sana emanet. Bir rüya gördüm, o sana gelecek. Sakın onu bir daha bırakma. Ben yolcuyum. Yakında gideceğim, beni çağırdılar, yerimi de gösterdiler."

"Nerede!" diye merakla sordum.

Cevap vermedi, daldı gitti. Baktım dudaklarında tatlı bir tebessüm oluştu, yüzü bir gül gibi açıldı. Sanki gideceği yeri görüyor, ondan dolayı da doyumsuz bir lezzet alıyordu.

Bir gün sonra Cuma gecesi Hakk'ın rahmetine kavuştu. Öyle bir gidiş oldu ki sorma kızım.

Baktım Hacer Teyze'nin gözlerinden yeniden yaşlar akmaya başladı, bakışları sonsuzluğa doğru dalıp gitti.

Gitti. Çiğdem'in resmini getirdi.

– Onlar da üst katta babasıyla birlikte oturuyorlar, dedi.

Resmini uzattı, büyümüş, kapanmış, pırıl pırıl bir genç kız olmuş. Yani ben gittikten sonra çok şey değişmişti. Ben nasıl değiştiysem onlar da değişmişti. Bir farkla; onlar olgunlaşmış, ben ise tükenmiştim.

Beni bırakmadı

Hacer Teyze beni iki gün bırakmadı. Bu iki gün bana şifa gibi geldi. İki gün içinde âdeta yıllarca tedavi olmuş gibi rahatladım.

Son gün Çiğdem geldi, onunla sarmaş dolaş hasret giderdik. Onun anlatacağı çok şey vardı; ama benim anlatacağım hiçbir şey yoktu. Sürekli o anlattı, ben dinledim. Güzel şeyler anlatıyordu Çiğdem... İnsanı, niçin yaratıldığımızı, ölümü, ahireti ve hesabı...

Benim için bütün bunlar geride kalmıştı. Yaşadığım hayat, karşılaştığım insanlar bunlardan bir iz bile bırakmamıştı içimde... Tam bir inançsızlık ve inkâr içine düşmüştüm. Kafamı, beynimi kemiren binlerce soru, problem ve isyan vardı.

– Bu akşam nişanlım Erkut Bey gelecek, dedi Çiğdem. Hem tanışırız hem de bu sorularını ona sorarsın. Erkut Bey kendini çok iyi yetiştirmiş biri. İnanıyorum ki tanıştığına çok memnun olacaksın.

Kabul ettim.

Akşam tanıştık nişanlısıyla. Uzun boylu, temiz yüzlü, dürüstlüğü her halinden belli olan mükemmel bir beyefendiydi. Kendisini iyi yetiştirmişti.

BEŞİNCİ BÖLÜM

Rabb'im beni ipten almıştı... Öyle bir mucize yaşattı ki sanki sil baştan yeni bir Sevda yarattı. O atmosferi, o iklimi ve o muhteşem sohbeti anlatamam. Bu adım adım bir diriliş gerçeğiydi.

Hayatımı Değiştiren Harikalar Dünyasındaydım

İnsan başıboş bırakılır mı?

Akşam Hacer Teyze'nin evinde çok güzel bir sohbet oldu. Ben soruyordum Erkut Bey tatlı üslubu ve mantıklı yaklaşımıyla cevaplar veriyordu.

Ben konuya kendi fikirlerimi açıklayarak girmiştim. İnancın, imanın, Allah ve din gibi düşüncelerin geride kaldığını, bunun yerini akıl ve bilim gibi gerçeklerin aldığını söyledim. Her insan nasıl mutlu oluyorsa öyle yaşamalı ve öyle hareket etmeli, diye de ilave ettim.

Tabii ki bu fikir, yeni hayatımın ürünüydü. Hâlâ bazı gerçeklerden kaçmak için bahaneler bulmaya çalışıyordum. Erkut Bey'in bu soruma cevabı mükemmeldi.

– Kendinize göre doğru düşünüyor olabilirsiniz, dedi. Ama birlikte farklı bir yöne bakalım! İnanıyorum ki o zaman kabul edeceğiniz başka gerçekleri de göreceksiniz.

Eline kırmızı kapaklı büyükçe kitaplar aldı, çeşitli yerlerini açarak hem okumaya hem de anlatmaya başladı.

Konu çok çarpıcı bir hikâyeyle başlıyordu...

"Bir zamanlar iki kardeş birlikte uzun bir seyahate çıktı. Bir müddet sonra yol ikiye ayrıldı. Yolların ayrımında aldanmaz ve aldatmaz bir zat gördüler. Ona, 'Hangi yol iyidir?' dediler. O da onlara; 'Sağ yolda kanuna tabilik içinde bir emniyet, solda ise serbestlik içinde bir felaket vardır. Tercih sizindir' dedi.

Huyu güzel olan kardeş, sağ yolu, ahlaksız olan kardeş ise kendi aklınca serbest kalmak için sol yolu seçti.

Sol yolu seçen adam dereden tepeden aşıp boş bir sahraya girdi. Kendince dalgın dalgın yürürken müthiş bir kükreme sesi duydu. Meşelikten çıkan bir aslan saldırmak için ona doğru koşuyordu. Âdeta iliklerine kadar ürperdi. Korku ile kaçmaya başladı. Önüne çıkan yaklaşık altmış metre derinliğindeki kuyuya hiç düşünmeden kendisini attı. Yere düşmeden kuyunun duvarındaki dala yapıştı.

O dalın iki kökü vardı. Ne yazık ki biri siyah biri beyaz iki fare o dalları kemiriyordu. Yukarı baktı, aslan bir nöbetçi gibi kuyunun başındaydı. Aşağıya baktığında kuyunun dibinde ağzını açmış, bekleyen bir ejderha gördü. Kuyunun duvarında zararlı, zehirli yaratıklar vardı.

Ağaca baktı, ağaç bir incir ağacıydı; ama üzerinde cevizden nara kadar her çeşit yemiş vardı.

Bu adam akılsızlığından ve bozuk kalbinden ötürü gördüklerini hakikat zannettiğinden bu işler içinde bir iş olduğunu anlamadı. Bütün bunları tesadüf zannetti. Baştan uyarıldığını bile aklına getirmedi ve bu tılsımları çözemedi. İçinde bulunduğu hali unutarak o dehşetli halden kurtulacağını zannetti, ahmakça bir yolu tercih etti.

Ağacın üzerindeki yemişlerden yemeye başladı. Hâlbuki o yemişlerden bazıları zehirli idi. O zararlı yemişlerle sarhoş oldu. İçi kan ağlıyordu; ama kendi çığlıklar atarak çılgın çılgın gülüyordu.

Sağ yolu tercih eden adam da aynı şekilde boş bir sahraya girdi. O da bir aslan gürlemesi duydu, kaçtı. İçinden 'Bu aslanın ipi sahibinin elindedir...' diye düşünüyordu. Önüne çıkan kuyuya kendini attı. Aynı şeyleri ve aynı hali o da gördü. Bu kadar şey tesadüf olamazdı. Âdeta bir düzenek gibiydi her şey... Bu yerlerin sahibinin harika icraatlarının arkasında bir şeyler olmalı, onun muradı olmalıydı. Hiçbiri olmasa bir daldan çıkarılan binbir çeşit meyve bu şeylerdeki maksatlı icraatı gözler önüne sermeye yetiyordu. Bir dalda bir çeşit meyve olurdu. Sanki o yerlerin sahibi o dal ile sınırsız bahçelerindeki, sayısı belirsiz meyvelerinin numunelerini sergiliyor, o Merhametli Sultan, ziyafet sofralarına aciz ve fakirleri davet ediyordu. 'Ey bu yerlerin sahibi, sana ait olduğumu, senin mülkünde dolaştığımı ilan ediyor ve Sen'den yardım diliyorum!' diye seslendi. Birden kuyunun duvarı yarıldı, ejderha ağzı muhteşem bir bahçeye geçiş kapısına dönüştü. O aslan, onun emrindeki bir at oldu.

Bu temsil, kâinatın tılsımını çözmek ve hakikatleri kalbe ve akla yaklaştırmak için kurulmuş bir dürbündür.

O iki adamdan biri mümin, diğeri kâfirdir.

Sağ yol, iman ve Kur'an; sol yol isyan ve küfran yoludur.

O yoldaki bahçe, hayır ve şerrin, temiz ile pisin, iyi ile kötünün bir anda bulunduğu toplum hayatıdır.

Aslan, ölüm ve eceldir.

Kuyu, insan bedeni ve hayatıdır.

Altmış metre, ortalama insan ömrüdür.

O ağaç, ömür müddeti ve maddî hayattır.

Siyah, beyaz iki fare ise gece ve gündüzdür.

Ejderha, kabir kapısı ve uhrevî hayata geçiştir. Mümin için zindandan Cennete açılan kapıdır.

Zararlı haşarat, dünya musibetleridir. İnanan bir insanın gaflete dalmamasını ihtar eden iltifatlardır.

Ağaçtaki yemişler, dünya nimetleri, Cennet bahçelerindeki meyvelerin fihristleridir.

O ağacın birliğiyle beraber çeşitli meyvelerin üzerinde bulunması, bir şeyden her şeyi, çok şeyden bir şeyi yaparak yarattığı sanat eserlerinin üzerine taklit edilmez bir şekilde adını Vahid-i Ehad (bir ve tek) olarak yazan Allah'ın (c.c.) mührünü vurmasıdır.

Evet, bir toprağa çeşit çeşit ağaçları ve meyveleri takan, bir topraktan birbirinden çok farklı binlerce meyveyi yaratan, bir damla sudan bütün hayvanatı, bir yemekten o canlının bütün cihazlarını yapan, onun derisini, kulağını, gözünü aynı şeyden dokuyan, her şeyde birliğini ilan eden O Sonsuz Kudret Sahibi'dir.

O tılsım ise imanın sırrı ve varlığın hikmetidir.

Ejderha ağzının kapıya inkılap etmesi, ehl-i dalalet için ölümün dar, sıkıntılı, yalnız, karanlık, akreplerin, yılanların elinde parçalanmak, ehl-i iman için ise vazifeden terhis ve imtihan meydanından mükâfatları tahsile geçiş kapısıdır.

Aslanın yumuşak huylu bir at olması, ehl-i dalalet için üzücü bir ayrılık olan ölüm, inananlar için hakikî vatana ve yüksek makamlara çıkaran bir vasıtadır.

Kim dünyayı maksat yaparsa dıştan Cennette gibi görünse de gerçekte Cehennem sıkıntıları içindedir. Kim ebedî hayata yüzünü çevirirse iki dünyası da saadetler içerisinde geçer. Dünyası sıkıntılar içinde bile geçse dünyayı Cennetin bekleme salonu görür, sabırla yaşar." (*Sözler,* "Sekizinci Söz".)

İnsan kendi kendine şu soruları sormalı:

Kâinatı muhteşem bir düzen ve sistem içinde yaratan, insanlara sayısız nimetler ve imkânlar sunan ve akıl almaz masraflar eden bir kudret sahibi, bütün bunları göz ardı ederek insanı hesaba çekmeden başıboş bırakır mı?

Zalimle mazlumu, haklıyla haksızı, namuslu ile namussuzu birbirine katıp öylece mezarda yatırır mı?

Aklı başında her insan elbette ki buna "Hayır" diyecektir.

Ben de "Hayır!" diyordum; ama aklım karmakarışıktı.

Allah varsa?

Bu mantıklı ve güzel cevaba bir soruyla karşılık verdim.

– Eğer Allah varsa kendini bize bildirsin, tanıttırsın. Biz de onu tanıyalım, inkâr etmeyelim, sevelim. O'nu aramak zorunda kalmayalım.

Erkut Bey yine elindeki kitaptan bir yer açtı ve okumaya başladı.

– Allah kendini yarattığı her şeyde tanıtıyor ve ilan ediyor; ama onu biz görmüyoruz veya görmek istemiyoruz.

Düşünün... "Mükemmel bir eczanenin her kavanozunda, harika ve hassas ölçülerle hazırlanmış ilaçlar vardır. O eczanedeki ilaçlar maharetli, kimyager, maksatlı bir eczacının varlığına ve özelliklerine şahittir.

Bitkileri, hayvanları, havası, suyu, gıdası ile bu dünya eczanesi, çarşıdaki eczaneden ne kadar büyük ve mükemmel ise o derece kendi eczacısı olan Hakîm-i Zülcelal'e şahittir. O'nu tanır ve tarif eder.

Binlerce çeşit kumaşı basit bir fabrikadan dokuyan makine nasıl maharetli makinistini ve fabrikatörünü tanıtırsa yüz bin başlı, her başında binlerce mükemmel fabrika bulunan bu seyyar makine-i Rabbani de ustasını ve sahibini bildirir, tarif eder.

Gayet mükemmel bir erzak deposunun, sahibini; onun güç ve kuvvetini tanıtması gibi, bir senede yirmi dört bin senelik mesafede seyahat eden ve yüz binlerce çeşit ayrı ayrı erzak isteyen misafirlerin ihtiyaçlarına cevap veren, baharı büyük bir vagon gibi binlerce çeşit ayrı ayrı yiyeceklerle doldurarak kışta erzakı biten biçarelere getiren bu Rahmanî iaşe ambarı da Sahibini, Mutasarrıfını, Müdebbirini bildirir, tanıttırır.

İçerisinde yüz bin çeşit milletten, silahları, elbiseleri, talimleri, terhisleri ayrı yüz binlerce askerin hiçbirisinin hiçbir ihtiyacını şaşırmadan ve karıştırmadan yerine getiren bir ordu, onun muhteşem kumandanına şahittir ve o kumandanı takdirlerle sevdirir.

Öyle de bu zemin yüzü ordugâhında bitkilerden ve hayvanlardan müteşekkil milletlerin, yüz binlerce ayrı nevinin hiçbirinin elbise, erzak, silah, talim ve terhisinin hiç karıştırılmadan, şaşırılmadan yapılması ve her baharda yeniden silah altına alınan milyonlarca askerden hiçbirinde, hiçbir karışıklık çıkmaması, küre-i arzın Kumandan-ı Azamı'nı hayretler ve takdislerle bildirir, hamdler ve tesbihlerle sevdirir.

Muhteşem elektrik lambalarının elektrikçiyi göstermesi gibi, dünyadan milyon defa daha büyük ve süratli, yanmak maddeleri tükenmeyen lambalar da Sanii'ni tanıtır ve hayran bırakır.

Bir satırında, bin kitap kadar bilgi bulunan, ince kalemlerle yazılan bir kitabın yazarına şahadeti gibi, her biri bir harf, bir kelime, bir sayfa, bir kitap olan mahlukat da Kâtibine, Nakkâşına şahittir.

Fenler ve ilimler Allah'tan bahseder, onlara kulak veren sahibini bulur." (*Şuâlar*, "On Birinci Şuâ; Altıncı Mesele".)

Bu kitapların yazarı Bediüzzaman Said Nursî, başka eserinde de bu konuya şöyle güzel bir örnek verir:

"Bir eczanedeki ilaçlar, o ilaçları meydana getiren maddelerin her birisinden çok ince bir hesapla, bir iki dirhem bundan, üç dört dirhem ötekinden alınarak yapılır. Eğer birinden bir iki dirhem fazla veya noksan alınsa o ilaç hususiyetini kaybeder, belki zehir olur.

Hiç mümkün müdür ki o ilaçları meydana getiren maddeler, garip bir tesadüfle, içinde bulundukları şişelerin devrilmesi ile oluşsun. Her birinden belli bir miktar aksın. Zerre kadar idraki olan bir insan 'Bu fikri kabul etmem!' diyecektir.

İşte o ilaçlar ve eczane maksatlı, bilgili, serveti olan bir eczacıya şahitlik ettiği gibi bu dünya eczanesi de o eczaneden ne kadar büyük ve mükemmelse o kadar kendi eczasını tanıttırır, sevdirir, hayran bırakır. 'Kör, sağır, hudutsuz, sel gibi akan unsurların, tabiatın ve sebeplerin işidir' diyen adam, 'O ilaçlar ve ambalajlar, şişelerin devrilmesiyle olmuş' diyen adamdan daha ahmaktır." (*Lem'alar*, "Yirmi Üçüncü Lem'a".)

Beynime bir bir iniyordu bu doğrular; ama beynim öylesine sağırdı ki çok duyarsızlaşmıştı.

Ölülerin tekrar dirileceğini aklıma sığdıramıyordum

Küçüklüğümden beri ölmüş insanların dirileceğini bir türlü aklıma sığdıramamıştım. Çürümüş kemikler, dağılmış vücutlar nasıl olur da insan haline tekrar gelebilirdi?

Bu soruya da Erkut Bey cevap verirken:

– Biliyor musunuz Sevda Hanım, dedi. Şu elimdeki Kur'an tefsiri olan *Risale-i Nur*'un sayesinde zor bir konu kalmamıştır. Yeter ki insaf nazarıyla bakılsın ve körü körüne inkâr edilmesin.

Onuncu Söz'de bu meseleyle ilgili şöyle bir hikâye anlatılır:

"İki adam Cennet gibi güzel bir memlekete giderler. Bakarlar ki oradakiler evinin, dükkânının muhafazasına fazla dikkat etmiyor. Paralar ve mallar açıktadır. Onlardan birisi her şeye elini uzatır, çalar, gasp eder, ahlâksızlıklar yapar.

Arkadaşı, 'Bu memleketteki nizam ve ahenkten anlaşılıyor ki bu mallar sahipsiz değildir. Bak görüyorsun, herkes görevinde azamî bir dikkatle çalışıyor ve her biri çok önemli işler görüyor. Belli ki herkes buranın padişahının askeridir. Her yerde o padişahın memurları, kameraları, dinleyicileri vardır. Belki sivil olduklarından sana dokunmuyorlar.

Sen, başıboşmuşsun gibi, kimse seni görmüyormuş gibi hareket etme. Onun memleketinde, onun kanunlarına uygun hareket edeceğini, misafir gibi davranacağını ona ilan et!' diyerek onu uyarır.

O sersem, 'Bunlar birinin malı değil, sahipsizdir' diyerek inat eder. Aralarında ciddi bir tartışma başlar.

O adam divanece 'Ne padişahı, ben padişah falan görmüyorum ve tanımıyorum!' der.

Arkadaşı, 'Bir köy muhtarsız olmaz, bir iğne ustasız, bir harf kâtipsiz olmaz. Bu kadar düzenli, bu denli güzel bir memleketin hâkimsiz olması, bu sarayların, bu nakışların kendi kendine yapılması hiç mümkün müdür? Hem bak o padişahın her şey üzerinde mührü ve imzası var' diye cevap verir.

'Tamam' der o sersem... 'Padişahı kabul ediyorum. Fakat benim bu küçük yaramazlıklarımın ona ne zararı olabilir? Herkes vazifesini yaparken bir tane de benim gibi olsun. Hem zindan falan da görünmüyor, bu yaptıklarımdan ötürü ceza görmüyorum.'

Arkadaşı, 'Burası bir manevra meydanıdır. Vazifesini yapmak için her gün kafileler gelir, kafileler gider. Bir müddet sonra bu yıkılmaya müsait diyar tamamen boşaltılacak, buradakiler daimi bir memlekete alınacak. Herkes vazifesini yapması nispetinde ya ceza çekecek ya mükâfat görecek' der.

'Buradan başka bir diyar olduğuna, bizim oraya götürüleceğimize inanmıyorum!' der inatçı adam.

O emin arkadaşı, 'Madem bu denli inat ediyorsun, ben sana o gidilecek hakiki diyarı ispat edeyim' der.

Bu yerlerin padişahının hak edene hak ettiğini verdiğine, bu misafirhanenin şahit olduğunu, bunun onun adaletini ispat ettiği gibi gönderdiği yaverine de adaletini söylettiğini, hâlbuki zalimlerin izzetiyle mazlumların zilletiyle gittiğini, demek bir mahkeme-i kübraya bırakıldığını, O'nun, itaat edenlere mükâfatını vermesi için ebedî bir diyarın olması gerektiğini, kendisi için olmasa bile bu ahenkli misafirhanede huzuru bozanlardan itaat edenlerin hakkını almak için bir hesap meydanını kuracağını, vaadini, vaadinden dönmesinin O'nun için muhal olduğunu, zira vaadini yerine getirmekte aciz olmadığını, bu dünyada bile her ölüme bir dirilişi takip ettirerek ölen bir elmayı midede, ölen bir çekirdeği toprakta dirilterek diriliş numuneleri gösterdiğini, bu memleketi yoktan kuran birisinin dağılmış parçalarını toplamasının akıl için daha kolay olduğunu, ebedî ikram etmek isteyenin, ebedî ziyafet sofralarının ve ebedî tecellisinin olacağını... Binlerce delil ile anlatır.

Evet, öldükten sonra dirilmek, gecenin sabahı, kışın baharı kadar kat'idir." (*Sözler*, "Onuncu Söz".)

Veya tekrar dirilme konusuna şöyle de bakılabilir:

Mucizevî eserler veren bir kâtip, üç yüz bin çeşit kitabı, bir saatte, hiçbirini bir diğerine karıştırmadan, noksansız bir şekilde yazsa o kâtibin, suya düşüp yazıları dağılmış bir kitabını çok kolay ve çabuk bir şekilde tekrar yazmasının akıldan uzak görmek, o kâtibin gözle görünen icraatından hiçbir şey anlamamaktır ve aynı zamanda ahmaklıktır.

Veya muhteşem bir Sultan'ın, denizleri kaldırıp yerlerine dağlar kurduğunu, dağları denizlere çevirdiğini, bir sayfadan bir diğer sayfaya geçiyor gibi zemin yüzünü değiştirdiğini gördükten sonra o Sultan'ın ziyafet sofrasına iştirak edecek olan davetlilerin geçtiği bir vadiye yuvarlanan ve onların yolunu kapatan taşı kaldırmaya gücünün yetmeyeceğini zannetmek, idrak gözünün çok berrak seyredebileceği bir hakikati görememektir.

Veya kara, deniz ve hava kuvvetlerine sahip bir orduyu, bütün teçhizat, silah ve talimiyle bir günde hazırlayıp kuran bir kumandanın, istirahat için dağıttığı ordusunu, bir düdük sesiyle toplayamayacağına ihtimal vermek divaneliktir.

Aynen öyle de kışın beyaz sayfasını çevirip baharın ve yazın yeşil sahifesinde, üç yüz bin çeşit mahlukatı, birbirine karıştırmadan yazan, binlerce çeşit ağacın programını küçücük bir çekirdekte, insanların hayatlarını hafızalarında kaydedip muhafaza eden, dünyayı bir sapan taşı gibi çeviren, hayat sahiplerini bir ordu gibi yoktan yaratan bir Zat'ın, dünya sayfasını kapatıp yeni bir sayfa açması, vefat edenlerin asıllarını ve ruhlarını muhafazası, rahmetinin, kudretinin, hikmetinin, izzetinin ve vaadinin neticesidir. O âlemin varlığı, bu âlemden daha aşikârdır. (*Sözler*, "Onuncu Söz".)

Dr. Haluk Nurbaki'nin de dediği gibi:

"İnsanın maddî hayatının nasıl sağlanacağı ve öldükten sonra nasıl iade edileceği akıldan uzak görülebilir. Ancak bir insanın maddî bütün özellikleri, bir toplu iğne başının on milyarda biri kadar olan, küçük tohum kartlarına (DNA'lara) yazılabilir.

Bu ilmî gerçek, kesinlikle doğrulanmıştır. Böyle bir tohum kartının eğer toprakta gelişme şansı olsa idi, yeryüzüne gelmiş ve gelecek olan bütün insanların tohum kartlarını bir bardağa doldurarak toprağa atmak ve hepsini birden diriltmek mümkün olabilecektir.

Toprak altında asırlarca bozulmayan ve bu arada hiçbir canlılık emaresi taşımayan virüsler, uygun bir ortamda tekrar hayat bulurken vefat etmiş insanoğlunun Cenab-ı Hakk'ın emriyle tekrar hayat bulmamasına imkân var mıdır?

Kâinatı bütün mahlukatıyla kusursuz yaratan Rabb'imiz, o bir çay bardağı dolusu şifreyi arza döküp "Ol!" emriyle tek tek dirilterek İlahî sahnede toplayacaktır.

Çok mantıklı, çok etkileyici cevaplardı bunlar. Sanki bazı şeyleri yeni yeni keşfetmeye başlamıştım.

Gözümüzle her şeyi göremeyiz

Kafamı sürekli karıştıran sorulardan birine daha okunanlar içinde az çok bir cevap bulduysam da tam ikna olamamıştım. Sorum şuydu:

– Biz ne Allah'ı ne melaikeyi ne de cin ve şeytan gibi varlıkları görebiliyoruz. Özellikle de Allah'ın ve meleklerin varlığı konusunda, gözle görülemediği için çok şüpheye düşen ve inkâr eden var. Bunları nasıl izah edebiliriz?

Erkut Bey espriyle karışık bir örnek sundu önce:

– Sevda Hanım, dedi. Siz güzel bir yemek pişirseniz, "Gelin de şu yemeğin tadına bakın güzel olmuş mu?" deseniz.

Biz de gelsek, "Sevda Hanım, biz gözümüzün görmediğine inanmayız. Yemeğinizin tadına bakmamız için tencereye başımızı sokmamız lazım. Belki o zaman gözümüzle tadı görebiliriz ve size lezzetli olup olmadığı konusunda fikrimizi söyleriz" desek bize ne dersiniz?

Bu espri dolu ince mesaja hepimiz de tebessüm etmiştik.

– Tabii ki, dedim. Yemeğin tadına gözle değil, dille bakılır.

Erkut Bey devam etti:

– Aynı şekilde, "Şu esansın kokusuna bakın!" dediğimiz zaman gözümüzle değil, burnumuzla bakarız. Şu müziğin güzelliğine bakın, dendiği zaman da sesi dinleriz.

Allah'ın varlığı, birliği ve kudreti gibi merak edilen konuları bilmek ve anlamak için gözümüzü değil, aklımızı çalıştırır ve akıl dürbünüyle bakarız. Aynı şey melaike, cin ve şeytan gibi ruhanî varlıklar için de geçerlidir.

Melekler var mı?

Meleklerin varlığı konusunda ise yine Bediüzzaman Hazretleri çok güzel bir hikâye anlatarak konuya açıklık getirir:

"Bir bedevî, vahşi; diğeri medenî, aklı başında iki adam arkadaş olup İstanbul gibi haşmetli bir şehre gidiyorlar. O medenî, muhteşem şehrin uzak bir köşesinde bir gecekondu mahallesine rast geliyorlar. Görüyorlar ki o mahallenin her yeri insanlarla, hayvanlarla doludur. Boş bir hane, sakin bir sokak bulmak mümkün değildir. Adım atmakta, kalabalıktan nefes almakta zorlanıyorlar. Kimi inşaat yapıyor, kimi tezgâhını kurmuş çalışıyor, kimi dilencilik yapıyor, her metrede bir seyyar sergi açılıyor, çocuklar koşturuyor, tavuklar, kediler, kuşlar, arılar, böcekler o meydanda kendilerine bir yer kapabilmek için birbiriyle yarışıyor. Her biri kendilerine ve durumlarına uygun bir gıda ile besleniyor. Kimi sadece ekmek, kimi sadece ot, kimi de sadece yakaladığı balığı yiyor.

O iki adam, daha sonra şehrin kendilerine uzak semtlerine bakıyorlar. Binlerce muhteşem sarayı, köşkleri, geceyi gündüze çeviren ışıkları, geniş meydanları, otoyolları, sokakları görüyorlar. Oraların, o mahalleden çok farklı olduğunu anlıyorlar. O sarayların sakinlerini, ya uzaklıktan ya da gözlerinin zayıflığından veya gizlenip görünmek istememelerinden göremiyorlar.

O vahşi, cahil, muhakemesiz, şehir görmemiş adam, gülünç bir iddiada bulunarak Şişli, Taksim ve Beyoğlu gibi semtlere, oradaki saray misal hanelere 'Boştur, oralarda oturanlar yoktur, oralarda canlıların yaşadığına inanmıyorum' diyor.

İkinci adam diyor ki:

'Ey nasipsiz bedbaht! Bu karanlık, kırık, dökük, bozulup yıkılabilir, yaşamaya müsait değil dense belki de doğru olacak bir gecekondu mahallesi, bu kadar canlılarla, buralarda oturanlarla dolu iken o muhteşem köşkler, villalar, saraylar, meydanlar hiç boş olabilir mi? Anlaşılan sen hiç şehir görmemişsin. Elbette oralar da bütünüyle doludur. Fakat oranın hayat şartları daha başkadır. Kuru ekmek yerine börek, baklava yiyebilirler. Bizim bulunduğumuz bu yer ve durumdan onları görememememiz, onların yok olmasını gerektirmez. Görünmemek, olmamaya delil olamaz.'

İşte bu hikâyedeki gibi dünya, kâinat âleminde bu kadar katı, karanlık ve kararsız, her mevsim bozulup dağılabilir ve küçük olduğu halde bu derece canlılarla dolu ise elbette ki dünyaya nispetle muhteşem sarayları andıran gök cisimleri de kendilerine uygun misafirlerle doludur.

Hayat, latif ve nuranîdir. Dünya, kesif, katı ve karanlıktır. Bu mahiyetiyle latif ve nuranî olan gök cisimleri, hayata dünyadan daha müsaittir denilebilir.

Hâlbuki hayvandan insana, mikroptan virüse dünya hıncahınç canlılarla doludur. Canlı olan insanın bile sindirim sisteminde trilyonlarca canlı bakteri varken elinde, avucunda apatojen (zararsız) da olsa trilyonlarca canlı bakteri ve virüs vardır.

Vücudun kıymeti hayat iledir. Bir iğne başı kadar canlıda bir şehir kadar sanat vardır.

Onun bütün mevcudatla irtibatı, bilmesi, bilinmesi, memnuniyeti, şükrü vardır. Bilinmek murat eden, harika sanatlarını görmek isteyen Zat, hayata kıymet verir.

Hayatın emaresi harekettir. Hayatı seven Zat, o sırdan ve o muhabbetten, atomdan galaksiye bütün mevcudatı cezbeye gelmiş bir Mevlevî gibi hareket ettirir.

Hayata kıymet verdiği için dünyayı bu kadar canlı ile dolu yaratan Zat'ın semayı boş bırakması düşünülemez. Belki buranın misafirleri buraya uygun olarak etten kemikten yaratıldığı gibi, oranın misafirleri de oraya uygun olarak nardan, nurdan, ışıktan, zulmetten, havadan, savttan, rayihadan, kelimattan, esirden, elektrikten ve sair latif şeylerden yaratılmıştır. Kur'an, onlara *melaike* ve *ruhanîler* adını vermiştir.

'Semavat boştur, oralarda melaike ve ruhanîler yoktur' diyen adam, şehir görmemiş bir bedevînin, 'Gecekondu mahalleleri doludur; fakat o lüks yerleşim yerleri boştur!' diyen ahmaktan farkı yoktur."(*Sözler*, "Yirmi Dokuzuncu Söz".)

Ölüm olmasaydı daha güzel olmaz mıydı?

Hayatımda isyan ettiğim konulardan biri de ölümdür. Ölmek, yok olmak, sevdiklerinden ayrı kalmak ne kadar korkunç değil mi? Allah ölümü niçin verdi? Ölüm olmasa daha iyi olmaz mıydı?

Erkut Bey, tebessüm ederek:

– Korkmayın Sevda Hanım, dedi. Ölüm bu dünya içindir. İnsan aslında ölünce ölümsüzlüğe geçiyor. Orada bakî bir hayat var. Sevdiklerinizle hep birlikte olacaksınız.

Gözlerimi kapadım bütün duygularımla "İnşallah!" diye mırıldandım.

Erkut Bey devam etti:

– Ölüm düşüncesi, ölümsüzlüğü isteyen insan fıtratını hem sarsmış hem de etkilemiştir. Ölüm bir ayrılık, bir bitiş, bir dağılma olarak görüldüğünden çehresi insan nazarında soğuktur.

Aslında ölüm de hayat gibi bir nimettir. Maksatsız bir sönme değil, maksatlı bir başlangıçtır.

Her ölüm bir dirilişle gelir. Çekirdeğin ölümü ve çürümesi, o karışıklık içinde fevkalade bir intizamla yeni bir nakşın ve hayatın başlangıcıdır. Çekirdek parçalanırken filiz hayata gülümser.

İnsanın yediği gıdalar, dalından kopunca ölmüş; ama insan bünyesinde daha yüksek bir hayatta dirilmiştir. Bitkisel hayat seviyesindeki bir mahluk öldüğünde böyle dirilirse Hz. Mevlana'nın da bir şiirinde işaret ettiği gibi hayatın en üst merhalesindeki insanın dirilişi kim bilir nasıl olacaktır?

Ölüm, dostlara kavuşmaktır. Dar, sıkıntılı, dağdağalı dünyadan çıkıp sevinçli bir hayata ve sonsuz rahmet bahçelerine ermektir.

Uyku, insan için bir istirahat, musibetzedeler için bir rahatlama vesilesidir. Uykuda falan yahut filan endişesi olmadığı gibi, zindanla sarayın da farkı yoktur. Uykunun büyük kardeşi olan ölüm de ciddi belalara ve hastalıklara muhatap insanlar için bir nimet ve rahmettir.

İhtiyarlık gibi hayatın şartları ağırlaştığında bir kurtuluştur. Ölüm olmasaydı insan eli ayağı tutmaz hale geldiği zaman büyük bir istekle "Ölüm, Ölüm!" diye bağıracaktı. Ölüm olmasaydı, hayat azap olacak, dağ taş ayağa kalkmaya mecali olmayan dedeler, dedelerin de dedeleriyle dolacaktı. Bir senede dünyaya gelen böcekler, sinekler ölmese ve zemin yıkanıp temizlenmeseydi metrelerce sinek birikintisi içinde insanlar burunlarına kadar batacaktı.

Çiçeklerin kışın fırtınalarından evvel terhis edilmeleri onlar için rahmet olduğu gibi, insan için de ölümle gelen terhis bir kurtuluş ve rahmettir. (*Mektubat*, "Birinci Mektup".)

Bu güzel cevabın ardından ölen kardeşim geldi aklıma daha çocuk yaşta onu kaybetmiştik. Onun için ben ve annem çok ağlamış ve çok üzülmüştük. Hele annem aylarca kendine gelememişti.

Çocuklar hayatlarını yaşayamadan niçin ölüyorlar?

Çocukların, masum ve günahsızların ölümlerini sordum:

– Onları hem dünyaya gönderiyorlar hem de dünyada bir hayat yaşayamadan gencecik yaşta, bazen de çocukken ölüyorlar? Neden bu böyle oluyor, bir türlü anlayamıyorum?

Erkut Bey'in verdiği cevaplar beni ikna ediyordu. Sanki her cevabında biraz daha rahatlayıp kendime geliyordum.

– İman, ölümü bile güzelleştiren bir reçetedir.

Evladını kaybeden bir anne, ölümü kabul edemez, anlayamaz. Ciğerparesinden ayrılığa, onun çürüyüp gitmesine, bir daha hiç göremeyeceği düşüncesine dayanamaz. Aklı başından gider, hiçbir şeyi hatırlamak istemez; âdeta kendisi de ölür.

İman, evladı ölen insanların yüreğine hakiki ferahlık veren tek reçetedir.

Müminlerin büluğ çağına gelmeden vefat eden çocukları onlara ebediyen çocuk sevme zevki yaşatacaktır. Ahirette doğum olmayacağından, Cennet bahçesinden çocukları Müminlerin büluğ çağına gelmeden vefat eden çocuklarıdır. Dünyada birkaç senelik evlat sevgisine karşılık, ahirette milyonlarca sene evlat sevgisi tadılacaktır.

Büluğ çağına gelmeden vefat eden ve Cennete giden çocuklar anne-babalarının kurtuluşu için şefaatçidir.

İnsana ebedî saadeti kazandıran evlat, vefatıyla anne babasının ebediyen dirilmesine vesile olmuştur. (*Mektubat*, "On Yedinci Mektup".)

Bu konuyu daha iyi aydınlatmak için Bediüzzaman şöyle bir örnek verir:

"Bir zamanlar, zindana düşen bir zatın sevimli çocuğu da yanına gönderilir. O biçare mahpus hem kendi üzüntüsünü hem de evladının üzüntüsünü çekmeye başlar. Zindanda bir de onun bakım zahmetiyle meşgul olur.

Bir gün, oranın merhametli Sultan'ı mahkûma bir adamını gönderir ve çocuğu saraya, yanına ister. Adam buna evvela karşı çıkar. 'Verememl!' der. Arkadaşları, 'Senin inadın manasız. Sen nefsini düşünüyorsun. Hem çocuğa eziyet ediyor hem kendin ona bakmak için zindanda sürekli meşakkat çekiyorsun. Çocuğu düşünüyorsan bu kokuşmuş, daracık zindandan kurtulacak. Hem Sultan merhametlidir. Çocuk seni görmek isteyecek, o da alıp zindana getirecek değil ya, belki seni alıp saraya götürecektir. Eğer Sultan'a itimadın, inancın varsa sen de kurtulmuş olacaksın' derler. Arkadaşlarının bu sözleri mahkûmu fazlasıyla ikna eder.

Peygamber'imiz, büluğ çağına girmeden vefat eden çocuğun anne-babaya şefaatçi olacağını ifade buyurmuştur. O masum çocuk Cennete giderse elbette anne-babasını görmek istediğinde Allah (c.c.) çocuğu Cehenneme göndermeyecek eğer anne-babası mümin; fakat günahkârsa onları alıp Cennetine götürecektir." (*Mektubat*, "On Yedinci Mektup".)

İnşallah, inşallah; ama benim gibi günahkâr, nerede Cennet yüzü görecek ve kardeşiyle buluşacak? Ben, ben kahrolsaydım da bu günleri görmeseydim...

Allah niçin kötülüğü ve şeytanı yaratmış?

Yine yıllardır aklımı kemiren sorulardan birini sormuştum; hatta birbiriyle bağlantılı olan iki soru...

Birincisi Allah niçin şeytanı, kötülüğü yaratmış? Bu, insanları bile bile kötülüğe itmek değil mi? Eğer kötülük ve şeytan yaratılmasaydı insan günahkâr olur muydu?

İkincisi de kaderle ilgiliydi. Madem Allah biz doğmadan kaderimizi yazıyorsa bizim işlediğimiz günahlardan ve isyanlardan niçin biz mesul oluyoruz? İyi şeyler yazsaydı da biz de iyi insan olsaydık.

Erkut Bey, bir taraftan çayını yudumlarken bir taraftan da beni onure etmekteydi.

– Bravo Sevda Hanım, dedi. Bu soruları sıradan insanlar değil, kafası karışan zeki insanlar merak eder ve sorar. Sizin zeki bir hanım olduğunuzu ilk sorunuzda anlamıştım.

Yok... O kadar da değildim. Ben kendimi biliyordum. Erkut Bey iltifat ediyordu.

Birinci soruya cevap verdi önce:

– Şerrin yaratılması şer değil, şerri işlemek şerdir. Allah'ın yaratmasında şer yoktur, şer kulun talep ve tahsilatındadır.

Mesela taneleri adedince faydaları olan yağmurda, bir adam ıslansa "Yağmur rahmet değil!" diyemez. Elini yakan adam ateş için, elini kesen adam bıçak için bunu söyleyemez. Yaratma ve icatta, küçük bir şer ile beraber büyük hayırlar vardır. Adamın kendi hatasından kaynaklanan küçük bir şer için büyük bir hayrı terk etmek, büyük şer olur.

Şeytanın yaratılması şer değil, ona maskara olunması şerdir. Meleklere şeytanlar musallat olmazlar, fakat mertebeleri sabittir. İnsanı yükselten onun şeytanların telkinlerine açık olması ve iradesidir. (*Sözler*, "Yirmi Altıncı Söz".)

Kaderi Allah yazıyorsa niçin yaptıklarımızdan sorumluyuz?

İkinci soruya da elindeki kitaptan okuyarak şöyle bir cevap vermişti:

– "Bütün kâinat ve mahlukat, Cenab-ı Hakk'ın emri ve iradesindedir. Hayır ve şer O'nun kudret ve hikmetiyle vücut bulur. O'nun ilmi ve iradesi dışında bir sinek bile kanadını oynatamaz. Bir yaprak dahi kıpırdayamaz.

Cenab-ı Hak ezelî ilmiyle bizim gelecekte neler yapacağımızı görüyor, biliyor ve bizim kaderimize yazıyor.

Yoksa bir kısım insanların kaderine günah işlemeyi, bir kısım insanların da kaderine sevap işlemeyi yazmıyor.

Mesela bir insan kendisini bir apartmanın penceresinden atıyor. Yani intihar ediyor. Bunun, onun kaderinde yazılması Allah'ın önceden bunu bilmesindendir. Kulun cezaya çarptırılması ise bilerek bu işi kendi iradesiyle yapmasıdır. Fakat başka bir insan bir apartmanın penceresinden kazara düşse ve ölse bu da onun kaderinde vardır. Ama bu ona ceza getirmez. Yani kader, insan iradesini bağlamaz. Cenab-ı Hakk'ın istediğinin kaderine günah, istediğinin de kaderine sevap yazması adaletine aykırıdır. Eğer öyle olsaydı o zaman insanın dünya imtihanına gönderilmesine de gerek kalmazdı.

Cenab-ı Hak kimin günah, kimin sevap işleyeceğini bildiği için günahkârları cehenneme, sevap işleyenleri de Cennete koyardı. Fakat Cenab-ı Hak insanları imtihana tabi tutmuştur. İnsana irade vererek hayır ve şer yolunda gitme tercihini ona bırakmıştır. Bununla birlikte insanlara doğru yolu göstermek için peygamberleri ve kitapları göndermiş, iyiliğe teşvik ederek kötülükten uzaklaştırmıştır.

İnsanda tezahür eden fiiller iki kısma ayrılır. Bunlardan bir kısmı tamamen irademiz dışında meydana gelir. *Istırarî fiiller* dediğimiz bu fiiller için herhangi bir mesuliyet veya mükâfat söz konusu değildir. Bunlara misal olarak göz kapaklarımızın çalışması, kanımızın dolaşımı, cinsiyetimiz, ırkımız verilebilir. Diğer kısım ise kendi irademizle işlediğimiz fiillerdir. İşte hayra veya şerre mevzu olan fiiller *ihtiyarî fiiller* dediğimiz bu ikinci kısımdır. Bakma, yeme, içme, konuşma gibi. Kendisinden sudur eden (çıkan) fiillerden hangilerinin ihtiyarî, hangilerinin ıstırarî olduğunu vicdanen bilen bir insan, kendi cüz'i iradesiyle işlediği kötülükler için neye dayanarak 'Ne yapayım? Kaderim böyle olduğundan bu fenalığı mecburen işledim...' diyebilir.

Yaptığı iyilikler konusunda 'Ben böyle yaptım, şöyle yaptım...' şeklinde konuşan bir insan, işlediği kötülükleri kadere nasıl havale edebilir? Hâlbuki aynı kötülükleri karşısındaki muhatabı işleyince işi kadere havale etmez. Mesela evine giren hırsız hakkında davacı olurken kaderi hatırlamaz. Hırsızın hâkim karşısında, 'Benim ne kabahatim var? Kaderim böyle olduğundan mecburen hırsızlık yaptım...' şeklindeki müdafaasına öfkelenmekten kendini alamaz. Aynı şekilde, çocuğunun canına kast eden bir caninin boğazına yapışırken 'Bu adamın kaderi böyleymiş, istese de istemese de çocuğumu öldürecekti...' diye düşünemez veya namusuna kötü gözle bakan kimsenin gözünü çıkarmak isterken 'Ne yapayım kaderimde bu varmış, müdahale edemem' demez. O halde hangi mantıkla aynı fiilleri kendi işlediği zaman suçunu kadere havale edebilir?" (Mehmet Kırkıncı)

İnsan kötülüğünden tamamen mesuldür, iyiliklerden iftihara hakkı yoktur. Kötülükler tahribat nevindendir ve onu isteyen insandır. İyilikleri isteyen Allah'ın rahmeti, icad eden kudretidir.

Mesela bir Sultan, bir postacı ile ücretini de ödeyerek bir garibana sermaye gönderse, o postacı, o sermayeyi garibana ulaştırsa iyilik Sultan'a aittir. Adamın minneti ve teşekkürü Sultanı'na olmalıdır. Postacı, o para ile garibana eziyet etse kötülük postacıdandır.

İrade, insanın mesuliyetini bilmesi için "Sen mesulsün!" der. Kader, gururlanmaması için "Haddini bil, yapan sen değilsin!" diye ihtar eder ve insana dengeyi buldurur. (*Sözler*, "Yirmi Altıncı Söz".)

Özet olarak bizim hayatımız boyunca nasıl bir yaşam süreceğimizi Allah'ın önceden bilmesi, bizim hürriyetimizi sınırlamaz ve bir yöne doğru bizi zorlamaz. Çünkü istediğimizi yapmakta serbest ve hürüz. Bunun için işlediğimiz günahlar ve kötülüklerden kader değil, biz sorumluyuz.

Bu güzel cevaplara ne denebilirdi?

Bunlar sanki cevap değil de içimdeki ön yargıyı, huzursuzluğu tedavi eden çok etkili ilaçlardı. Çünkü ilk defa kendimi hesaba çekiyordum.

Allah'ım ben rüya mı görüyordum yoksa gerçekten hayatta mıydım? Ne olursun uyanınca bitecek bir rüya olmasın.

Namaz şart mı? Kalbimizle Allah'ı sevmek yetmez mi?

– Allah'ı bilmek, tanımak ve ona kulluk etmek için namaz şart mı? İnsan namaz kılmadan da Allah'ı bilir, tanır ve ona saygı gösterir. Yatıp kalkmanın ne anlamı var? Neden namaz ve ibadetler konusunda ısrar ediliyor?

Erkut Bey, cevapları bulup okumaya devam ediyordu:

– "Allah'ın bizden ibadet etmemizi istemesi, namaz kılmamızı emretmesi, bizim maddî ve manevî huzurumuz içindir. Hâşâ Allah'ın ibadetlerimize ihtiyacı olduğu için değildir.

Bir hastanın, şefkatli bir hekime, kendisine ısrarla ilaç içirmek istemesine karşılık, 'Senin ne ihtiyacın var ki bu ilacı bana içiriyorsun?' diye sorması ne kadar manasızdır. Çünkü ilacı içmeye doktor değil, hasta muhtaçtır.

Öyle de Cenab-ı Hak, ibadete de hiçbir şeye de muhtaç değildir. Takdir ve teşekkürle insanlığını ispat etmeye, ebedi azığını ve dayanağını bulmaya insan muhtaçtır." (*Lem'alar*, "Yirmi Üçüncü Lem'a".)

Sözler kitabında bu konu şöyle anlatılmaktadır:

"Bir hâkim, iki hizmetkârını, iki ay uzaklıktaki çiftliğine gönderir. Her birine yirmi dört altın verir. 'Bir günlük mesafede bir istasyon var. Oradan uçağa, gemiye veya trene binerek gidebilirsiniz' der.

Hizmetkârlardan birisi, istasyona giderken altınlarından bir kısmı ile çiftlikte kendisine lazım olacak şeyleri satın alır. Bir kısmı ile kârlı bir ticaret yapar. Bir kısmını da istasyonda uçağa binmek için bilet parası olarak ayırır.

Diğer arkadaşı daha istasyona gelmeden altınlarının yirmi üç tanesini lüzumsuz şeylere harcar, çocuk gibi nefsinin her isteğine sarf eder.

Akıllı arkadaşı, bu divaneye, 'Yirmi üç altınını istasyona kadar harcadın. Geriye kalan bir altınını olsun güzel değerlendir. Onunla bir tren bileti al. Bizim Sultanımız merhametlidir, belki seni affeder. Yoksa bu iki aylık yolda; aç, susuz, çaresiz ve perişan bir halde yürümek zorunda kalırsın. Hem asi hem de kaçak muamelesi görürsün' der.

Şu adam, o tek altınını, bir define anahtarı kadar kıymetli olan bilete vermeyip akılsızca ve ahlaksızca harcasa yaptığı tarifsiz bir divanelik olur.

Hikâyedeki yirmi dört altın, hakikatte bir gün içindeki yirmi dört saattir. O bilet ise namazdır. Bir saat beş vakit namaz için kâfidir. Ebede doğru yürüyen insanın, sırf dünya için yaratılmış gibi bütün vaktini dünyaya sarf etmesi, ebed için hazırlanmaması, aklı ve amacı varken sarhoşçasına bir deliliktir.

Hem namaz kılan adamın diğer vakitleri de ibadet hükmüne geçebilir.

Namaz, sonradan verileceklere önceden verilen bir ücret değil, önceden verilenlere sonradan yapılan bir teşekkürdür." (*Sözler*, "Dördüncü Söz".)

Yine aynı kitapta ibadetlerin önemiyle ilgili de şöyle bir hikâye yer almaktadır:

"İki asker bir memlekete gitmek üzere emir alır. Birlikte giderken yol ikiye ayrılır. Orada bulunan bir adam, onlara 'Her iki yolun uzunluğu da aynıdır. Sağ yoldan giderseniz kanuna, nizama tabi olmanız, kendinizi koruyacak bir silahı ve ihtiyacınız olan malzemeleri yanınızda taşımanız gerekir. Sol yolda kanun ve nizam olmadığı gibi silah ve yiyecek taşıma mecburiyeti de yoktur. Dilediğiniz yolu seçebilirsiniz' der.

O iki askerden birisi sağ yolu seçer. Yoluna çıkacak düşmanları alt edebilecek silahını ve ihtiyaç duyabileceği şeyleri yanına alır. Dıştan bakıldığında sırtında bir yük taşıyor gibi görünse de içi rahat ve yüreği kuş gibi hafiftir. Kimseye dilencilik etmeden ve kimseden korkmadan gönderildiği yere ulaşır, mükâfat görür.

Sol yolu seçen ise o nizamsız yolda dıştan bakıldığında yüksüz ve rahat gibi görünse de yüreğinde binbir korkunun ağırlığı ve dilenciliğinin sıkıntısı vardır. Azıksız, silahsız, ilaçsız yürüdüğü o karanlık yolda her şeyden endişe eder ve herkesten dilenir. Gideceği yere vardığında hem asi hem de kaçak muamelesi görür.

O iki yolcudan birincisi Allah'ın emirlerine uyan, diğeri nefsin isteklerine göre hareket eden insandır. O yol, ruhlar âleminden dünyaya, dünyadan ahirete uzanan beşer yolculuğudur. O silah ve eşyalar ise ibadetlerdir.

Namaz kılmak, ibadet etmek, kılmamaktan daha kolay ve hafif, kılmamak ise daha zor ve ağırdır. Allah'a iman etmeyen insan her şeyden korkar ve her şeye karşı dilenci olur. Zira ona göre her şey başıboş ve kendi kendinedir.

İnanan bir insan ise her şeyin hazinesinin Rabb'ine ait olduğunu bilir, her şeyin ipi O'nun elindedir...

Dünya bomba olup patlasa onu korkutmaz. Rabb'inin icraatını hayret ve hayranlıkla seyreder." (*Sözler*, "Üçüncü Söz".)

Bu kitaplarda okunan bu hakikatlere bütün gençliğin, her insanın ihtiyacı vardır. Tez elden bunlar herkese ulaştırılmalı ve onların istifadesine sunulmalıydı.

İslam dini tektir; niçin farklı mezhepler çıkmış?

– Hep aklımda yer eden sorulardan biri de dindeki mezheplerin niçin var olduğuydu. Bunu bir türlü çözememiştim. Din bir olur da niçin çeşitli mezhepler ortaya çıkar? Ne lüzum var bu mezheplere?

Erkut Bey:

– Bu sorunu da çok önemsiyorum, dedi. Çünkü konuyu kavrayamayan birçok insan; ayet var, hadis var, peygamber var peki bunlar dururken mezheplere ne lüzum var? Bunlar Müslümanlığı yaşamak için yetmiyor mu, diye soruyor.

Ama işin özü, göründüğü gibi değil. Mezhep, yol demektir. Bir anlamda dinin uygulanış biçimine yönelik, en güzeli bulma, en iyisini yapma çabasıdır. Bu anlamda mezheplerin varlığı bir ayrılık değil, en güzelini sunma gayretidir. İslam'da mezhepler birbirini inkâr etmez, tam tersine destekler. Hatta eğer birinde uygulamada bir boşluk varsa diğerine uyarlar.

Mezheplerin varlığı, sosyolojik bir gerçeği ifade eder. Bir anlamda toplumsal hayat için zaruridir. Bunu Bediüzzaman Hazretleri şöyle anlatır:

Su bir içecektir. Fakat değişik durumlardaki hastalar için onun hükmü değişir. Değişen suyun afiyetli bir içecek olması değil, hastaların halidir.

Çölde kalmış, susuzluktan dudakları çatlamış bir insan için su ilaçtır, tıbben ona vaciptir.

Ameliyattan yeni çıkan bir hasta için zehir gibidir, tıbben ona haramdır.

Soğukta, vücudunda aşırı su bulunan birisi için az zararlıdır, tıbben ona mekruhtur.

Yaz gününde serinliğe ihtiyacı olan birisine faydası vardır, tıbben ona sünnettir.

Birisinin ne ihtiyacı vardır ne de zararı vardır, tıbben ona mubahtır.

İşte doğru ve hak burada beş şeklide oldu. "Su sadece ilaçtır, vaciptir!" denilebilir mi?

Şer'i hükümlerin ayrıntıları insanların durumlarına bakar. Teferruatta, Efendi'mizin (a.s.m.) umum hayata şamil yaşantısından bir hali, adamın durumuna göre o sahanın hekimleri olan mezhep imamları tarafından reçete olarak takdim edilmiştir.

Değişen ilaç değil, hastadır. Mezhep imamlarının hükümlerindeki fark bundandır. (*Sözler*, "Yirmi Yedinci Söz".)

– Bu soruyu okuldaki din dersi öğretmenime de sormuştum; ama böyle izah etmemişti. Bunun için de nerede "mezhep" kelimesi duysam hep kafam karışırdı.

Müslümanlar içinde cemaatlere de şahit oluyordum. İslam bir, din bir, Kur'an bir, Peygamber bir... Peki, bu birlik var da farklı yollar, farklı cemaatler niçin?

– Bu da sorunun başka bir yönünü ifade etmektedir, dedi Erkut Bey. Yani tıpkı mezheplerdeki zaruret, bir anlamda cemaatler için de geçerlidir. Bunu şu şekilde izah edelim:

Bir mümin, bir insana Allah'ı anlatır. Onun helali haramı bilmesine, kulluk şuuruna ermesine vesile olursa bir insan kazanılmış olur. Başka bir yerde, başka bir insan, aynı veya farklı bir usulle bu işi yaparsa inanan iki kişi kazanılmıştır. İkisinin de hasenatı aynı haneye geçer. Çünkü aynı şeyi istemektedirler, talep ettikleri şey aynıdır.

Genel anlamda fıtratlara göre ihtisaslaşmak hem tabii hem de lazımdır. Herkes içtimaî hayatta aynı görevi yapmadığı gibi, manevî hayatta da aynı görevi yapmaz. İnsanların ihtiyacı, talebi ve kapasiteleri aynı değildir. Süpermarket gibi her ihtiyaca cevap vermek, komplo donanımlı olmak da mümkündür; bir bakkal olup o kapasiteye göre çalışmak da. Herkesten ve her kapasiteden aynı şey beklenmez.

Hayra hizmetlerin farklı yollardan olması ayrılıktan değildir. İhtisaslaşmayı, gayretlerin arttırılmasını, her fıtrata ve ihtiyaca cevap verilmesini netice verir. İlimlerde ihtisaslaşmak hiçbir zaman ayrılık ve birbirini reddetmek şeklinde görülmemiştir. Bu aynı zamanda onların bir hamlede kenara iteklenip engellenmesini de güçleştirir; hatta imkânsız kılar.

Birileri sanki sadece kendileri hayrı biliyor, düşünüyorlarmış gibi herkesi bir araya getirme davasına düşerler. Hâlbuki hayatını hayra ve güzelliğe vakfetmiş insanları bu şekil çirkin zanlarla itham eden adamla değil insanlar, melekler bile yan yana gelmek istemezler. Hakk'a hizmet edenlerin aynı odaya toplanmasına hem mekân hem de hikmet müsaade etmez.

Dine hizmet edenlerden maksatta birlik beklenir. Maksatları bulanık olanlar, hakkı batıl yollarla aramaya çalışanlar zaten o nuranî kâfilelerin dışındadırlar.

Ayrıca bir müminin "-cı, -cü" olması da mümkün değildir. Kimse "Ahmetçi, Mehmetçi" değildir, olamaz. Bir insana bağlanmanın yasak olduğu bir dinde, kimse "-ocu, -bucu" olmak için bir araya gelmez. İnsanlar her ilimde olduğu gibi bir İslâm âliminden istifade etmeye çalışırlar ki bunun o türlü anlayışlarla ve din düşmanlarının ortaya attıkları zanlarla uzaktan yakından alâkası yoktur.

Herkes hocasını sever. Kimse ilminden istifade ettiği birisine, birileri hatırına reddiyeler okumaz, okuyamaz, gerek de yoktur. Onlar da kendilerini değil, her ilim erbabında olduğu gibi Allah'ı ve hakkı anlatırlar.

Doğruydu. Her mesleğin bir alanı, bir uzmanlığı olduğu gibi, dini en iyi şekilde anlatan grupların ve cemaatlerin de varlığı ve uzmanlık alanları kaçınılmazdı.

Kadının cinsel özgürlüğü mümkün mü?

Yine kendimle çelişen bir soru daha sordum. Kendimle çelişen, diyorum çünkü sorduğum sorunun en iyi cevabı bendim. Ama bir kere de Erkut Bey'den dinlemek niyetiyle böyle bir soru hazırlamıştım.

– Kadınlar niçin erkekler gibi cinsel açıdan rahat değil? Toplum neden kadınların cinsel özgürlüğünü kısıtlıyor? Hâlbuki kadın da bu konuda dilediğini ve istediğini yapmalı değil mi? Bu, onun çok doğal bir hakkı olmalı.

Bu soru Erkut Bey'in midesini bulandırmıştı. Bu konunun soru haline gelmesi bile iğrenç görünüyordu. Ama çıkmıştı bir kere ağzımdan.

Erkut Bey, bu soruma cevap verirken hiç yüzüme bakmadı. Çok rahatsız olduğu için devamlı kelimeleri yutuyor ve cümlelerini kesmek zorunda kalıyordu.

– Sevda Hanım, dedi. Bazı sorular vardır ki onlar cevapsızdır. Çünkü cevap verilmeyecek kadar açıktır. Bence bu soru da böyle... Bu konuyla ilgili çevremizde binlerce örnek görüyoruz. Bu hem bizi hem de herkesi ikna etmeye yeter de artar da. Ama biz yine de birkaç şey söyleyelim:

Gerek kadının gerekse erkeğin kuralsız bir cinsel özgürlüğü, aslında özgürlük değil, köleliktir, vahşettir. Sınırsız özgürlük demek, başkasının özgürlüğüne, rahatına ve huzuruna tecavüz demektir.

Cinsel özgürlüğe helal dairede müsaade edilmiştir. O da aile hayatıyla mümkündür. Yoksa cinsel özgürlük adı altında birçok güçsüz, kimsesiz ve masum insanın canı yanar, hayatı mahvolur. "Cinsel özgürlük" fikrinin en büyük zararı, insan psikolojisine yaptığı olumsuz baskıdır. Çünkü bu fikir, insan sevgisini ortadan kaldıran, her çeşit duygusal beraberlikten uzak, geçici, mekanik ve günü birlik beraberlik sağlar, bu da kişileri huzursuz etmektedir.

AIDS başta olmak üzere, bütün zührevî hastalıklar, tecavüzler, cinayetler, cinsî suç ve tacizler, intihar ve uyuşturucuyla birlikte ruhî buhranlar "cinsel serbesti"nin acı semereleridir.

"Cinsel özgürlük" rüzgârı Batı'da problemleri bir çığ gibi geliştirdi. ABD'li kadınlar, "cinsel özgürlüğün" bir maske olduğunu, insanların özellikle kadınları esaret altına aldığını savunmak zorunda kaldılar. Batı'da esas panik 80'li yıllarda AIDS'in ortaya çıkmasıyla başladı.

"Cinsel özgürlüğün" açtığı sosyal ve psikolojik yaralardan başka salgın hastalıklar da hızla yayıldı; AIDS, Herpes, genital ve benzeri cinsî hastalıklar birbiri ardınca toplum sağlığını tehdit etmeye başladı.

Bütün bu hastalıklar gayrimeşru yaşanılan beraberliklerin sonucu olarak ortaya çıkmıştır. Batı, bu gün panik içinde... Bulaşıcı hastalık korkusuyla hayatları zehir olanlar, hatta AIDS korkusuyla intihar edenler oldu. Bu bunalımı hâlen yaşayan milyonlarca Batılı şu an şaşkındır.

Gerçek olan bir şey daha var: "Cinsel özgürlük" en çok kadının aleyhinde sonuçlar doğurmaktadır. Çünkü kadın, erkeğe nispetle daha çok kaybediyor.

"Cinsel özgürlüğün" ferdî zararı kadın için daha büyük. Çünkü erkek, istediği bir hayatı yaşadıktan sonra kadını terk edip gidebiliyor. Ama kadın kaçıp kurtulabiliyor mu? Her gittiği yerde toplumun psikolojik baskısı altında kalıyor. Ona hep "kötü kadın" nazarıyla bakılıyor. Her terk ediliş onun ruh dünyasında büyük yıkımlara sebep oluyor. Kadının "Cinsî serbestisi" içinde olmasının kadın için büyük felaket olduğunu anlatan Bediüzzaman Said Nursî güzel bir tespit yapıyor:

"Erkek sekiz dakika sefahate girse ancak sekiz lira kadar bir şey zarar eder. Fakat kadın sekiz dakika sefahatteki zevkin cezası olarak dünyada dahi sekiz ay ağır bir yükü karnında taşır. Ve sekiz sene de o hamisiz (sahipsiz) çocuğun terbiyesinin meşakkatine girdiği için safahatta erkeklere yetişemez. Yüz derece fazla cezasını çeker."

Aslında "cinsel özgürlük" sloganları kadını mutlu etmekten ziyade daha başka gayelere yöneliktir.

Her şeyden evvel kadınla erkek arasındaki ilişkileri zorlamak, aileyi tahrip etmek, kadının "özgürlük" maskesi altında rastgele bir hayat yaşamasını sağlamak... Yani bu bir yerde kadın için gerçek esaret; hem öyle bir manevî esaret ki kadını kendi isteğiyle esaretin içine çekiyor. Sonuçta batağa giren kadın battıkça batıyor, çıkmak istese de çıkamıyor. Ve çoğu kez kucağında çocuğuyla sokağa terk edilen ya da "kötü kadın" damgasını yiyen o oluyor. Bu hareketin toplum hayatımıza olan en büyük zararı sokağa terk edilen çocuklardır.

Gün geçmiyor ki bir kapı önünde, cami avlusunda ya da boş bir arsa üzerinde terk edilen bir çocuğa rastlanmasın. Bunların büyük bir ekseriyeti, "Yasak aşkın meyvesi" olarak takdim edilen gayrimeşru çocuklardır.

Bunların toplumun başına getirdiği felaketler, toplumsal bünyemize açtığı yaralar...

Kadın için en büyük özgürlük kendi ailesindeki helal hayattır. Orada ihanet yoktur, art niyet yoktur, Cennet gibi bir hayat vardır.

Eşiyle, çocuklarıyla gerçek bir mutluluk içindedir. Yoksa "cinsel özgürlük" adı altında fırsatçılara yem olmaya devam eder. En sonunda bir köşeye atılır. Bunun o kadar acı örnekleri var ki saymakla bitmez...

Çok doğruydu. Onlardan birisi de bendim. Baş tacı edilmeyi, sultan olmayı, şöhrete ermeyi beklerken ayaklar altına alındım. Şimdi ise bu dünyalar iyisi insanlar olmasaydı, çoktan intihar etmiş, hem bu dünyadaki hayatımı hem de ahiret hayatımı mahvetmiştim.

Ya Rabb'i, sana sonsuz şükürler... Sayısız teşekkürler... Beni uçurumun kenarından aldın. Ebedî bir felakete yuvarlanmaktan kurtardın.

Zenginlik arttıkça aileler neden mutlu olamıyor? Boşanmalar niçin artıyor?

– Günümüzde aile huzursuzluklarını, kavgalarını çok görüyoruz. Boşanma sanki âdet haline geldi. Hâlbuki zenginlik arttıkça, yaşam standardı yükseldikçe mutluluğun da artması lazımdı. Hâlbuki böyle değil. Sizce bunun sebebi nedir? Ailede mutlu olmak için ne yapmak gerekir?

Aslında bu soruyu kendim için değil, çevremdeki çok sayıda insanın boşanmalarını gördüğüm için nedenini merak ettiğimden dolayı sormuştum. Yoksa bundan sonra benim bir aile yuvası kurarak mutluluk reçetesi aradığım yoktu. Bu halimle beni kim ne yapacaktı? O hayaller, o tozpembe istekler, o düğün arabaları ve güzel gelinlikler içinde olma arzusu çok; ama çok gerilerde kalmıştı.

Erkut Bey, benim bu halime oldukça hüzünlendi. Baktım Hacer Teyze ve Çiğdem'in de gözleri nemlenmişti. Oradaki herkes benim halimi çok iyi biliyordu. Bana çok acıyorlardı.

Erkut Bey eline *Lem'alar* kitabını aldı, hem okumaya hem de anlatmaya başladı:

"Bir ailenin saadet-i hayatiyesi (hayat saadetleri) koca ve karı mabeynindeki (arasında) bir emniyet-i mütekabile (birbirlerine güven) ve samimi bir hürmet ve muhabbetle devam eder."

Bediüzzaman Said Nursî'nin *Yirmi Dördüncü Lem'a*'da da ifade ettiği bu güzel tespitten şöyle bir yorum çıkarılabilir:

Hak hukuk düşünmeyen, bir gün Allah huzurunda perişan olma endişesiyle yaşamayan insan, herkese karşı haksızlık yapabilir, haddini aşabilir ve huzursuzluğa sebep olabilir.

Terbiye edilmemiş, nefislerini firavunlaştırmış, isteklerinin kölesi olan insanlar annesine, babasına, hanımına, beyine ve çocuğuna her türlü kötülükte bulunabilir, küçük bir arzusunu onların gönlüne tercih edebilir.

Ayakları dünyaya takılan, kıymet ölçüsü maddî sınırlara mahkûm insanlar, değmeyecek küçük bir şey hatırına ne dağları devirmekteler.

Herkesin galibiyet peşinde koştuğu bir cemiyette sadece rekabet yaşanır ve huzur diye bir şeyin esamesi okunamaz. Hâlbuki bugün güçlü ve galip olmak değil, güçsüzün güçlüden hakkının alındığı ve karşılığının çok pahalı ve can yakıcı bir azapla ödendiği meydanda haksız ve dolayısıyla güçsüz olmamak önemlidir.

Erkek, galip olmak yerine, eşini kendi üzerindeki haklarını yerine getirmeyi, ebede kadar devam etmesi düşünülen hayat arkadaşlığında hanımının gönlünü elinden geldiğince her şeye tercih etmeyi düşünür, ona hanımefendilik verirse niçin huzursuzluk olsun?

Kadın, beyine efendiliğini baştan teslim ederse, onun gönlünün incinmesine her türlü sıkıntıyı tercih edecek kadar hassas düşünürse ve bir imam olarak arkasına durduğu, iffetinin Allah tarafından kendisine emanet edildiği insanla saltanat ve güç kavgalarına girmek gibi bir garipliğe takılmazsa niçin aile Cennet köşelerinden bir köşeye dönmesin?

Sevgi ve hürmetle eşinin gönlünü basit dünyevî isteklere tercih eden evinde huzura erer.

Aslında ne hak ne haklılık... Karşılıklı hatır bir ailede her şeyden önce esas olmalıdır. Aile, kazançların pay edildiği işportacı dükkânı değildir. Ve en büyük hatır olarak herkes elbette ki Yaradan'ın emrini esas tutmalıdır yoksa O'na itaat etmeyenden başkasına da fayda gelmez. Burada olmazsa ötede "Sen sebep oldun!" diye birbirlerinin yakasına yapışırlar.

Ne kadar doğruydu. Ama insanlar bu doğruları görmüyordu. Bu soruma kendim cevap verdim. Peki, sen gördün mü? Demek ki insanları aydınlatan fedakâr gönüllere, cemaatlere ihtiyaç var.

Tesettüre ne gerek var?

– İnanç, iman, Allah korkusu, insanın kalbinde değil mi? Madem insanın kalbinde ve aklında ise o zaman kendimizi sıkı sıkıya kapatıp örtünmeye, tesettüre girmeye ne gerek var? İnsan örtüsüyle değil, kalbiyle Allah'a inanır ve O'na itaat eder.

– İlk bakışta bu yorumun doğru olduğu zannedilebilir. Bu da örtünün sıradan bir bez parçası görülmesinden kaynaklanmaktadır. Hâlbuki tesettürün bir hanım için öylesine bir örtü olmaktan ziyade, onun ruhuna, duygularına ve inancına işlemiş yanları vardır.

Yine Bediüzzaman Said Nursî'nin ifadesiyle:

"Tesettür, kadınların yaradılışı gereğidir. Yani kadın olmanın hususiyetleri onların örtünmelerini gerektiriyor. Çünkü tesettür, kadınların bir anlamda siperi, kalesi ve en güçlü kalkanıdır.

İnsan sevmediği nazarlardan rahatsız olur. Bugün kadınların nefislerinin istismarı bu hakikatin sesini saklasa da kadınlar göz hapsinde olmaktan muzdariptir.

Kadının nezaheti, iç saffeti, bir bakışlık olsun elin nazarına muhatap olmayı istemeyecek kadar beyine sadakati, onun güzelliğidir. Elbette ki her kadın, kocası nazarında güvenilir olmak ister. Bunu tesettürle temin eder.

Tesettür kadının siperi, güzel bir sığınağı ve kalesidir. Başkasının iştahını açmamak ve tecavüzüne meydan vermemek için öyle bir korunmaya muhtaçtır. Ve kendisini böyle korumaya alan, Allah'tan korkan ve nefsine mağlup olmayan bir kadın, yabancı erkekler nazarında anne gibi hürmet görecek, insanlar onu rahatsız etmekten sakınacaktır.

Hiçbir erkek namusunun davetkâr hallerle ortada dolaşmasını istemeyeceği gibi, hiçbir evlat da pırıl pırıl iffet abidesi bir anneye utanılacak birisini tercih etmez. Her kadın anne adayıdır ve her evlat, değil başkasının bakışından hoşlanmak gibi korkunç bir haksızlık, cinayet ve canavarlık, annesinin yüreğinde bile en küçük bir tozun meydan bulamadığı nezahette olmasını ister.

Kadının istismarı, iffet ve nezahetin unutturulması, garip hallere düşürülmesi, bütün kötülüklerin kaynağı olduğu gibi, kuduz varlıklara yakışan insafsız bir canavarlıktır.

Bugünkü huzursuzluğun, doyumsuzluğun, geçimsizliğin, maddî sıkıntıların, güvensizliğin, nefislerin taşkınlaşmasının, nesillerin sefaletinin, içkinin, kumarın, esrarın, cinayetlerin, çocuklara tecavüz edilecek derecede insanlığın sukût etmesinin arkasında hep açık saçıklık belası vardır."

Bu açıklamalar, bu tespitler de çok doyurucu ve çok etkileyiciydi. Meğer biz tesettür ve örtünme derken hep birkaç metre beze takılıp kalmışız. Hâlbuki örtünme cesedin ve ruhun ayrılmaz bir parçasıymış.

Masum bir kız-erkek arkadaşlığı mümkün mü?

– Dindar aileler, kız-erkek arkadaşlıklarına karşı çıkıyorlar. Birbirlerine öcü gibi gösteriyorlar. Sanki birbirlerini derhâl yiyecek bir canavar gibi korkutmaya çalışıyorlar. Hâlbuki o erkek, o da kız... İkisinin de kendi iradesi, kendi tercihleri var. Bir araya gelip bu insanlar arkadaş olamaz mı? Bir araya gelmekten mutlu oluyorlarsa buna niçin karşı çıkılır? Yani bu masumane birliktelikler niçin günah olsun?

Bu soruma Erkut Bey çok üzülmüştü. Sanki "Hâlâ ders almadın da mı böyle bir soruyu soruyorsun?" der gibi bir hali vardı. Doğruydu. Benim bu soruyu sormaya hiç hakkım yoktu. Sorduğuma da pişman olmuştum. Ortadaki içler yakıcı halim, bunu izah etmiyor muydu? Bütün başıma gelenlerden sonra hâlâ kız-erkek arkadaşlığının masumiyetini nasıl savunabilirdim?

Yine de Erkut Bey, hiçbir şey yokmuş gibi bu soruya da cevap verdi:

– Bakın Sevda Hanım, dedi. Size bir hatıra anlatayım. Lise yıllarımda kız arkadaşlarımın erkek arkadaşları vardı. Onların çektikleri acı ve ızdıraplara şahit oldum. Mutsuzluklarını ibretle seyrettim. Dindar olduğum için kızlar beni çok severlerdi. Çoğu kez bana dertlerini yanarlar, bazen de yardım isterlerdi. Daha doğrusu çaresiz kalınca çareyi benim şahsımda İslam'da ararlardı.

Bir sıra arkadaşım vardı. Kendisi güzel değildi. Ne var ki kendisinin tabiriyle yakışıklı bir erkek arkadaş bulmuştu. Ama kızcağız, çok acı çekerdi. Kendisini erkek arkadaşına güzel göstermek için yapmadığını bırakmadı.

Derdi ki: "Bu arkadaşlıktan bana hayır yok. Ben ona fazla bağlandım. Fakat o beni bu halimle bir gün terk eder. Acaba o zaman ben ne yaparım? Düşündükçe çıldırasım geliyor."

Arkadaşım o arkadaşlıktan huzur duymuyordu. "Haram sevmekte bir kıskançlık elemi ve firak elemi (ayrılık elemi) ve mukabele görmemek elemi gibi çok arızalar ile o cüz'i lezzet, zehirli bal hükmüne" geçiyordu.

O arkadaşım bana derdi ki: "Senin hayatına gıpta ediyorum. Ne kadar huzurlusun. Hiç acı çekmiyorsun. Ne terk edilme korkun ne de ihanet endişen var. Keşke biz de senin gibi olabilsek."

Ona derdim ki:

"Kardeşim, hakikî zevk ve elemsiz lezzet ve kedersiz sevinç ve hayattaki saadet, yalnız imandadır. Ve iman hakikatleri dairesinde bulunur. Yoksa dünyevî bir lezzette çok elemler var. Bir üzüm tanesi yedirir, on tokat vurur gibi hayatın lezzetini kaçırır."

Kur'an terbiyesiyle günahlardan kendisini koruyan bir insan hayatta daima mutlu olur. Çünkü helal dairesi geniştir, keyfe kâfidir, harama girmeye lüzum yoktur. İnsanın bütün zevklerine yeterlidir.

Hiç unutmuyorum. Yine Saynur adında bir arkadaşım vardı. Kendisi çok güzeldi. Okulun sene sonu defilelerinde mankenlik yapardı. Birisiyle arkadaşlık yapmaya başladı. Fakat bu arkadaşlık uzun sürmedi. Erkek arkadaşı Saynur'u terk etti. Saynur öyle ağır bir bunalıma girdi ki intihara teşebbüs etti. "Ben bu güzelliğimle nasıl terk edilirim?" diyerek bileklerini jiletle kesti. Hastaneye zor yetiştirdiler.

O, nimet olan güzelliği iffetle koruyamadığından kendisine zararlı, azaplı ve çirkin yaptı. Evlilik hayatında da mutlu olmadı. Çünkü genellikle flört eden genç kızlar evlenince eşlerinde aradıklarını bulamıyor, "Keşke başka erkek arkadaşımla evlenseydim" diye gözleri hep önceki aşklarında olabiliyor. Bu da mutluluğu gölgeliyor.

Hâlbuki size verilen bu sevgi Cenab-ı Hakk'ın yolunda kullanılmak için verilmiştir yoksa geçici sevgililer için değil. Ama siz tutup o sevgiyi layık olmayan yerlere sarf ederek daima azap çekiyorsunuz. Çünkü o sevdiklerinizin bir kısmı size "Allahaısmarladık" bile demeden arkasını çevirip gidiyor. Bir kısmı sizi sevmiyor. Sevse de size faydası dokunmuyor. Siz de sayısız ayrılıklardan ve ümitsiz gidenlerin peşinden azap çekiyorsunuz. Gel bütün bu sevgini ileride evleneceğin insan için sakla ve mesut ol.

Haram dairedeki aşklar geçici ve ızdıraplıdır

Erkut Bey'i pürdikkat dinlemeye devam ediyordum...

– Bir hadise daha anlatmak istiyorum, dedi... Bundan da bahsetmeden geçemeyeceğim.

Bizim ilkokulda bir öğretmenimiz vardı. Güzel ve genç bir kızdı. Güzelliğini kullanarak sayısız erkek arkadaş edindi. Hatta çoğu zaman erkek arkadaşlarıyla gezmeye gittiğinden derslerimiz boş geçerdi.

Öğretmenimiz bir gün bir yüzbaşıyla tanışmış. Evlenmeye karar vermişler. Ama yüzbaşı, öğretmenimizin geçmişini araştırmış. Kime sorduysa öğretmenimizin çok erkek arkadaşı olduğunu söylemişler. Tabii yüzbaşı, öğretmenimizle evlenmekten vazgeçmiş.

Bu hadise öğretmenimizin üzerinde şok etkisi yaptı. Yüzbaşıyı unutamadığı için de bir daha kimseyle evlenmedi. Bir ömür boyu bir yuva kuramadı. Pişmanlık duygusu ve elemle yaşadı.

Böyle hadiselerin olmaması için kız-erkek arkadaşlığına karşı çıkıyoruz. Tabii günahları da boyunlarına kalıyor. Sayısız genç kız böyle arkadaşlıklar sonunda heder oluyor. Acı çekiyor ya da evlilik hayatlarında mutsuz oluyorlar.

En önemlisi kız-erkek arkadaşlığı gayrimeşru yaşayışa zemin hazırlıyor. Neticede toplumu büyük felaketler bekliyor. Sokağa terk edilen gayrimeşru çocuklardan AIDS'e kadar varan illetler...

Bu soruların en azından benim tarafımdan sorulması gereken sorular olmadığını ve buna hakkım da olmadığını biliyorum. Ama kafamın ve kalbimin içinde o kadar leke, iz, isyan ve günah vardı ki bütün bunların sebebini bulup çıkarmak ve tam anlamıyla ikna olmak istiyordum.

Annemin çektiği hastalık neden?

Çocukluk günlerime dalıp gitmiştim... Canım annem geldi gözümün önüne. Bizim ailenin durumu çok acı, çok perişandı. Rahmetli annem hiç gün görmemişti ki... Aile mutluluğu yaşamamıştı. Halden anlamaz, zalim, alkolik bir kocayla, hastalıkların türlüsünü yaşayan annem... Hep onu acılar içinde, kıvranırken "ah, vah" ederken hatırlıyordum. Bir gün olsun huzurlu bir güne erişemedi çekti, gitti...

– Erkut Bey, dedim. Annem çok temiz, iyi kalpli bir kadındı. Ama Allah ona hep hastalık verdi, acı çektirdi. Niçin Allah kendini seven, kendine itaat eden insanlara böyle hastalıklar veriyor? Bu merhamete ve şefkate zıt değil mi? Hâlbuki hastalığa layık, kendine isyan eden bir sürü insan var.

– Sevda Hanım, hastalık bir insan için kendini anlamasında, bilmesinde, kulluğunu hatırlamasında ve ölüme hazırlanmasında en büyük uyarıcıdır.

İnsan için sözü en tesirli mürşitlerden biri hastalıktır. İnsanın aczini, misafirliğini ve bir gün ayrılacağını ihtar eder. Bir yolcu gibi davranmasını sağlar.

Hayata gelmekten maksat sadece çekip gitmek değil, insana ebed yolculuğunda lazım olan erzakı tedarik etmektir. Hastalık ömrün dakikalarını meyveli ve bereketli kılar. Âdeta zamanı tutar, uzatır. Bir dakikayı sabırla ve şükürle bir saat hükmüne geçirir.

İnsanı gururdan kurtarır. Hayatı boş yere harcamasını engeller.

Cenab-ı Hak mülk sahibidir. Mülkünde dilediği gibi tasarruf eder. Hastalığı verir. Şâfii ismi ile tecelli eder. Şükrettirir, ebedî hayata sermaye kazandırır. Hastalık vesilesiyle insanın ruhunu geliştirir, şekillendirir, gizli kabiliyetlerini ortaya çıkarır.

Hastalıklar, insanın gençlik sarhoşluğu ile büyük hatalara düşmesine, kendisine hem dünyada hem de ebed diyarında zarar verecek yollara girmesine mâni olur.

Hastalıktan kurtulan adam geçmişini hatırladıkça şükürle yâd eder. Çünkü sıkıntısı gitmiş, sevinci kalmıştır.

İnsan, dünya onu terk etmeden dünyayı terk etmeyi öğrenir. Kalbini ona bağlamaz.

Her şey zıddı ile bilinir. Sağlığın kıymeti hastalıkla anlaşılır. Eğer hastalık olmazsa sıhhatin kıymeti bilinmez. İnsan sıhhat hakikatini hastalıkla keşfeder.

İlla ölüm hastalığın arkasından gelmez. Nice ölecek diye beklenen hasta ayağa kalkmış ve sağlıklı pek çok insandan sonra vefat etmiştir. Ecel ne zaman takdir edildiyse ölüm o zaman gelecek, vehimler ve korkular onu değiştirmeyecektir.

İnsan hastalıkla kaybettiği şeyleri değil, kazandıklarını düşünmeli, onu kazançlı bir sermaye haline getirmelidir.

Hastanın çevresinde öyle bir şefkat uyanır ki o kazanılan şeyler, kurulan dostluklar ve bağlar hiç de azımsanacak gibi değildir. Hastalık hayatı sevgi ve şefkatle örer.

Günahlar, ebedî hayatın daimî hastalıklarıdır. Hastalığa sabır ve şükür ile mukabele edenin ebedî yaraları iyileşir, günahları dökülür. Maddî hastalıklar manevî yaralara ilaçtır.

Hastalık ve onunla gelen acizlik ebedî rahmet hazinelerinin kapısındaki en geçerli şefaatçidir. (*Lem'alar*, "Yirmi Beşinci Lem'a".)

İnşallah... Annem için de öyle olmuştur. Hayatı boyunca bir an bile rahat ve huzur yüzü görmeyen annem de inşallah o şefkate ve rahmete layık olur...

Bu kadar günahı Allah affeder mi?

Bunlar inanılmaz şeylerdi, müthiş gerçeklerdi. Yıllarım bunlardan habersiz geçti. Ama benim öyle büyük günahlarım, hatalarım ve isyanlarım vardı ki tövbe etsem de pişman olsam da affolunacak gibi değildi. Yani içimde kıpırdayan yeni yeni ümitler beni kurtaramazdı. Ben bitmiş, tükenmiş bir insandım.

Ümitsizlik, karamsarlık içinde daldım, gittim. Benim bu halimi gören Erkut Bey ve Çiğdem:

– Çok yoruldun Sevda Hanım, dediler. Biraz dinlen istersen. Biz buradayız. Konuşacak daha çok zamanımız olur.

– Hayır, dedim. Yorgun değilim. Bilakis yeniden hayat buluyorum, içime yeniden can geliyor. Sanki ölmüş ve bedenden ayrılmış ruhum tazelendi, güçlendi. Böylesi bir dünyanın varlığını keşfetmek, bu hakikati dinlemek, Allah'a kul olmanın ayrıcalığını ve hazzını hissetmek ne büyük mutluluk!

Ama benim günahlarım o kadar çok ki o kadar kirli, o kadar isyanlara bulaşmış bir insanım ki Allah beni asla affetmez. Bunun için ümitlenmiyorum, içimde yeni yeni oluşan huzura da güvenemiyorum.

Erkut Bey derhâl araya girdi.

– Hayır, Sevda Hanım, dedi. Siz yanlış düşünüyorsunuz. Unutmayın ki Allah'ın rahmeti ve affı, her günahtan, her isyandan büyüktür. En büyük günahları affedecek merhamete sahiptir. Yeter ki kul ona bütün kalbiyle tövbesini ve pişmanlığını iletsin.

Sen ümitvar ol. Ne kadar günah işlemiş olursan ol ne kadar yanlış işler yapmış olursan ol, bil ki seni duyan, seni bilen ve seni affetmek, bağışlamak için senden bir adım atmanı bekleyen Allah var.

Bu ümit içimde müthiş bir uyanış başlaşmıştı. Sanki bir anda affolduğumu sandım ve ağlamaya başladım.

Çiğdem yanıma geldi ve bana sarıldı, sımsıkı dokunuşuyla cesaret verdi, teselli etmeye çalıştı. Hacer Teyze ise:

– Allah'tan ümit kesilmez kızım, dedi. Unutma ki kulların en yücesi, en büyüğü hatalarından dönen, günahını anlayan ve bunun için de Mevla'ya yönelip af dileyendir. Ne mutlu sana ki Allah böyle bir imkân sundu. Ya tövbe edemeden ya bu hakikatleri bilmeden geçip gitseydin? O zaman ebedî cehenneme düşme tehlikesi vardı. Ama şimdi Allah huzurunda biz şahidiz ki sen yaptıklarından dolayı pişmansın.

Evet, çok pişmandım, çok utanıyordum, çok mahcuptum ve çok küçülmüştüm. Milyarda bir bile affolacağım ihtimalinin olması, bana yeniden hayat vermişti.

Harika cevaplar Risale-i Nur kitaplarından okunmuştu

Cevaplar beni mest etmişti. Bugüne kadar hiçbir şeyden bu derece etkilenmemiştim... Sanki beni başka dünyalara götürmüş, orada temizlemiş, paklamış ve ruhumun açlığını, sıkıntısını ve kederini gidermişti.

Belki benzerlerini daha önce annemden ve Hacer Teyze'den dinlemiştim; ama öylesineydi işte. Herhâlde ihtiyacım çok olduğu için daha fazla etkileniyordum...

İçime öyle ulvî duygular, öyle temiz hisler ve öyle güzellikler yayılmıştı ki sanki bu sıkıcı ve boğucu dünya içinde, Cennet diye bahsettikleri o havayı, o iklimi yakalamıştım.

Durmadan beynimi bir kurt gibi kemiren sorular, şüpheler ve isyanlar bir bir erimişti. Nihayet bu dünya içinde yaşayan bir insan olduğumun farkına vardım. Yıllar sonra ilk defa insan olmanın hazzını yaşıyordum.

Ve ilk kez içime bu kadar hazin ve derin bir pişmanlık çöküyordu. Vücudumun bütün hücrelerinde tövbe ve af dilekleri yükselmeye başladı. Bu duygu öyle tarifsiz bir şeydi ki sanki güneş altındaki bir buz kalıbı gibi, Rabb'imin önünde eriyordum.

Bugüne kadar asla yaşamadığım bu sihirli iklim beni kendine çekiyordu; âdeta bu büyülü atmosferde kendimden geçmiştim. Bu öyle bir manevî sarhoşluktu ki ne gözyaşlarımın sellere döndüğünün ne de bir türlü dinmeyen hıçkırıklarımın farkındaydım.

Sürekli dua ediyordum:

Allah'ım bu duyguyu ne olur bitirme! Ne olur Allah'ım bu rüya olmasın! Ne olur beni bir daha o günah bataklığına yollama! Ne olur beni ölünceye kadar kendine layık bir kul et!..

Hacer Teyze'nin çok uzak diyarlardan gelen "Kızım" sesiyle kendime geldim.

Odadaki herkesin bakışları üzerimdeydi. Bütün gözler nemlenmiş, benim ezilişimi, büzülüşümü ve Rabb'im önünde küçülüşümü hazin bakışlarla izliyorlardı.

– Bunlar çok harika cevaplar, çok muhteşem gerçekler, bu kitaplar ne kadar doyurucu ne kadar etkileyici. Niçin şimdiye kadar bu kitapları tanımadık? İstifade edemedik?

– Okuyamadığınız için haklısınız. Demek ki çevrenizde bu kitaplardan istifade eden kimse yoktu.

Bu kitapların adı *Risale-i Nur*, Bediüzzaman Said Nursî'nin eserleri.

Bu kitaplar insanların imanını kurtarmak ve onları günahlarından ve küfürden korumak için yazılmış bir Kur'an tefsiridir.

Bugün bütün dünya dillerine çevrilerek bütün insanlığın hizmetine sunulan bu eserler ne yazık ki ülkemizde gereği gibi tanıtılamadı veya ısrarla yanlış anlaşılmasına çalışıldı.

Bakın size bu kitaplardan istifade eden bir hanım kardeşimin duygularını dile getiren bir metin okuyayım:

"Ben *Risale-i Nur* okumaya başladığımdan beri çevremdeki insanlar bana çok değiştiğimi söylüyorlar. Onlara sebebini sorduğumda, başka, bambaşka bir insan oldun, diyorlar. Ben de onlara diyorum ki evet ben çok değiştim. Daha doğrusu benim dünyam değişti. Eskiden sabahtan kalkıp evimin işlerini yapıyordum. Çocukları okula gönderip elime dantel alıyordum. Sonra elime gazeteleri alıyordum, bakıyordum. O sanatçı onu yapmış, bu sanatçı bunu yapmış. Ölenler, intihar edenler, cinayetler, karanlık işler... Bunlar da ruhumu sıkıyordu. Sonra kitap alıyordum. Hep aynı şeyler... Aşk romanları ya da anlamsız şeyler. Kendi kendime yine soruyordum: Hayatın anlamı ve yaşamanın gayesi bu mu? Sadece ev işi yapıp dantel örmek veya saçma sapan kitaplar okumak mı? Hayatın başka bir anlamı olmalı. Yaşamanın bir gayesi olmalı. İnsana derinlik kazandıran bir şeyler olmalı, ama ne?

İşte tam o sırada 17 Ağustos depremi oldu. Ben bu konuları daha detaylı olarak düşünmeye başladım. Kendi kendime artık namaz kılmam gerektiğini düşündüm ve namaza başladım. Ama bu bana yetmiyordu. Sonra *Risale-i Nur*'u tanıdım. O vakit, işte, dedim. Aradığım ve okumak istediğim kitaplar bunlar... Şimdi yaratılışımın gayesini öğrendim. Niçin yaşadığımın ve neden yaratıldığımın sırrını çözdüm.

Bir günümü planladım. Öğlene kadar iş yapıyorum, ondan sonra *Risale-i Nur* okuyorum. İkindi namazından sonra Cevşen, akşamdan sonra Kur'an'dan Yasin, Tebareke gibi sureler okuyorum. Eski can sıkıntılarım gitti. Hayatım mana kazandı. Eskiden zaman geçmek bilmezdi. Şimdi zaman yetmez oldu.

İnsan düşünüyor sürekli; acaba ben dünyaya neden geldim? Nereden geldim? Nereye gidiyorum? Bu dünya nedir? Neden varım? Bundan sonra ne olacağım? Toprak perdelerini aralayıp gidenler nereye gidiyor? Yok mu oluyorlar yoksa orada başka bir âlem mi var? Ölüm ve ölüm ötesi nasıl bir âlem?

Hayatın anlamı ne? Eğer sadece yiyip içecek, sonra da buradan göçüp gideceksek niye yaratıldık? Beni yaratan beni buraya neden gönderdi? Eğer beni birisi buraya gönderdiyse benden istediği nedir?

Her insan hayatta bu soruları kendi kendine soruyor. Soruların cevaplarını bulmak istiyor. Çünkü insan, ipi boğazına sarılmış, istediği yerde otlatmak için yaratılmış bir varlık değildir. Ona hayvandan farklı olarak akıl denilen bir cevher verilmiştir. İnsan o cevher sayesinde 'Ben neyim? Nereden geldim? Nereye gidiyorum?' gibi sorular sormaktadır. Hayvanın ise ne böyle bir derdi ne de böyle bir tasası vardır.

Onun içindir ki insanı dünyaya gönderen Zat, insana önemli gayeler vermiştir. Onu, bu kâinat sarayına rastgele yaşamak için göndermemiştir. Onun bir davası, bir gayesi olmalıdır. Ona bu simayı veren, en güzel şekilde yaratan ve yarattığı her şeyi emrine hizmetçi eden Zat'ın elbette insandan bir istediği vardır."

ALTINCI BÖLÜM

İntihar için gün saydığım bir anda, esrarlı bir rüzgâr esti. İçimdeki kir, küfür ve günah adına ne varsa hepsini önüne katıp temizledi. O haz dolu dünyanın mutluluğundan başım dönüyordu. Meğer en büyük huzur, Büyük Yaradan'a kul olmakmış.

Başımı Seccadeye Koydum; Ağlamaya Başladım

İlk namaz ve gözyaşları

Benim dünyamı altüst eden, âdeta bana sil baştan yeni bir ufuk açan bu doyumsuz sohbet, sabaha kadar sürmüştü.

Anlatılan hakikatler ruhumda öylesine nurlu ve huzurlu bir yankı bulmuştu ki bu yüzden kimsede en ufak bir bıkkınlık alameti olmamıştı. Benim âdeta dünyamı değiştiriyor, yıllardır büyük bir elem ve hüzün içinde çile doldurduğum manevî dünyam, doyumsuz bir lezzete ulaşıyordu. Demek ki gerçek mutluluk ve huzur dedikleri buydu. "Huzur ve mutluluk" diye nelere ve kimlere sarılmıştım da farkında değildim.

Minarelerden sabah ezanları duyulmaya başladı. Bugüne kadar binlerce ezan sesi dinlemiştim; ama hiçbiri kalbimi bu denli heyecanla ayağa kaldırmamıştı. Sanki artık ezanlar da bir başkaydı. O seslerin tesiri bambaşkaydı.

Erkut Bey, Hacer Teyze ve Çiğdem namaz kılmak için hazırlığa başlamışlardı.

Ben oturduğum yerde müthiş bir mücadele içindeydim. "Onlar da insan, ben de" diyordum içimden. "Onlar da yaşıyor, ben de yaşıyorum. Onlar da ölecek, ben de öleceğim. Hepimiz de o büyük Rabb'imin huzuruna çıkıp yaptıklarımızdan dolayı hesap vereceğiz."

Evet, bu, kafama kaçınılmaz bir gerçek olarak yerleşmişti. Öyleyse yarın geç olabilirdi. Kalktım, ürkek ve biraz da mahcup bir tavırla, Çiğdem'e yaklaştım.

– Ben de namaz kılsam, dedim.

Çiğdem'in gözleri sevinçle parladı.

– Ah Sevda'cığım, dedi. Bu ne güzel bir haber... Büyük bir sevinçle bana sarıldı, candan, içten ve tertemiz duygularıyla kokladı.

Kendimi kaybetmiştim

O an tutamadım kendimi. Belki de biriken hüzünler, elemler bir anda patlayıverdi.

– Ne olur Çiğdem, dedim. Bırakma beni. Ben artık eski hayata dönemem bu nurlu dünyada yaşamak istiyorum, tövbe etmek istiyorum. Sizin gibi Allah'a kul olmak istiyorum. Ne olur bana yardım et.

Çiğdem de benim duygularımı anlıyor ve yaşadığım mutluluğu hissediyordu. O da sevinç gözyaşları döküyordu. Hacer Teyze de yanıma gelerek başımı göğsüne bastırdı ve:

– Canım evladım, dedi. Üzülme sen... Seni bırakmayacağım artık. Sen benim öz evladımsın. Seni heder eden, hayatını zehre çeviren o günler bitti. Sen bütün kalbinle Allah'a yöneldin, tövbe ettin. O seni bırakır mı sanıyorsun?

O çirkin hayatımdan sonra ilk namazımdı benim. Yanımda melekler gibi tertemiz insanlarla birlikte Allah'ın huzuruna çıkmıştım.

Aman Allah'ım bu ne müthiş bir huşu bu ne müthiş bir heyecan ve bu ne müthiş manevî bir hazdı. Sanki bütün zerrelerim ayağa kalkmış, bir koro halinde Rabb'imden af diliyordu.

Kalbim durmak üzereydi. Namaz boyunca hıçkırığımı tutamadım. Âdeta içimdeki bütün günahlar, bütün kirler, su gibi akıp gidiyordu. Sanki yüreğime oturan tonlarca ağırlık bir bir eriyordu.

Hücrelerimle haykırıyordum: Allah'ım ne olur ömrümün sonuna kadar beni huzurundan ayırma, beni kabul et. Sana layık bir kul eyle... Başka kapım yok benim. Artık kimseye sığınamam...

Namazı zor bitirmiştim. Başımı secdeye koydum, içimdeki manevî zehri ve günahları dökercesine ağlamaya başladım. Meğer Rabb'im hakiki mutluluğu seccadeye dökülen yaşlarıyla veriyormuş insana. Bu gözyaşları ne kadar da rahatlatıyordu içimi...

Yıllardır mutluluğu başka yerlerde aramıştım. Hâlbuki dünyanın en büyük mutluluğu önümde duruyormuş.

Çiğdem hemen beni kucakladı, kaldırdı. Şefkatle mendiliyle gözyaşlarımı sildi.

Ne güzel dostlar yollamıştı Rabb'im bana. Bu dünyanın iyi insanlarını gördükçe bin kere, milyon kere kendime kızıyordum; ama Rabb'im bu günleri de göstermişti. Hacer Teyze beni bırakmıyordu artık... Bir hafta kadar misafiri oldum. Tabii ki buna misafir denmezdi. Bu, öz evladına yaptığı muameleden, sevgi ve şefkatten farksızdı. Sanki beni o doğurmuştu da yıllardır hasret çektikten sonra yeniden kavuşmuştu. Kelimenin tam anlamıyla el üstünde tutuluyordum.

"Şöyle otur kızım, şunu da ye kızım, şunu da iç kızım, yat da istirahat et kızım, sakin ol kızım, Allah'a yönel kızım, ben yanındayım kızım..."

Neler, neler...

Ya Rabb'i bu nasıl bir iyilikti? Bu nasıl bir temizlikti? Bu nasıl bir dürüstlüktü?

Çok iyi biliyordum ki Hacer Teyze ve ailesi Rabb'imin bana en büyük ikramı ve en büyük yardımıydı. Sanki Rabb'im beni, bu kadar hata ve günahlara rağmen mucizelerle kurtarıp Hacer Teyze'ye teslim etmişti. Yoksa çoktan Sevda, diye bir hanım yaşamıyor olacaktı. Hem dünyasını hem de ahiretini zindan edecekti...

Ah, ya Rabb'i! Sana binlerce şükür. Tam intiharın eşiğindeyken çekip aldın beni. Ömrünün sonuna kadar sana şükür secdesi yapsam yine de bu ikramı ödeyemem...

Yeniden hayata dönüyordum

Hacer Teyze'nin evinde engin bir huzur, doyumsuz bir rahatlık ve sonsuz bir mutluluk hissediyordum. Sanki Cehennem hayatından kurtulup Cennete girmiştim.

Bu melek hanımın sohbetleri, nasihatleri, tesellisi ve manevî desteği beni yeniden kendime getirmiş, yıllar sonra insan olduğumun ve bu dünyada yaşadığımın farkına varmıştım.

Bir zamanlar evimize gelip bizden bir bardak su içerek giden o esrarengiz teyzenin söyledikleri çıkıyordu. Çünkü bana dönüp "Allah sonunu hayretsin!" demişti.

Yeniden kendime geldiğim, yeniden hayat bulduğum, yeniden Allah'a yöneldiğim, O'na secde edip gözyaşı döktüğüm bu ev, yine de bir yabancıya aitti. Beni devamlı bir şekilde burada barındıramazlardı. Barındırsalar da bunu kimseye izah edemezlerdi. Belki de benim yüzümden sıkıntıya girerler, çevreye mahcup olurlardı. Yani artık bana yol gözüküyordu. Ama nereye? Ben o eski defteri kapamıştım. Oraya dönemezdim. Yani halimi de kimseye inandıramazdım. Beni tanıyanların, benimle ilgili haberleri duyanların, beni gördükçe mideleri bulanmaya devam ederdi.

Ya Rabb'i! Ben ne yapacaktım? Yine çözümsüzlüğe, çaresizliğe doğru yuvarlanıyordum. Ama bu fikir gittikçe kafamı kemiriyor, huzurumu kaçırıyordu. Çünkü her ne kadar bana hissettirmeseler de gerek Hacer Teyze gerekse kızı Çiğdem benimle ilgili her şeyin farkındalardı. Buna rağmen beni kucaklamışlar, âdeta bağırlarına basmışlardı.

Bu insanlara benim yüzümden söz gelsin istemiyordum.

Bu evde yabancıydım

Hacer Teyze ile konuşma zamanım gelmişti. O sabah birlikte kahvaltı yaptıktan sonra:

– Hacer Teyze, dedim. Sen bana gerçek bir anne oldun. Senin o kadar iyiliğini gördüm ki bunu anlatamam. Ben burada bir Cennet hayatı yaşıyorum. Beni yeniden hayata döndürdün, yeniden can verdin. Benim Rabb'ime yönelmeme vesile oldun. Bana kul olma hazzını ve lezzetini yaşattın.

Huşu içinde gözyaşlarımla kıldığım namazlarımda bugüne kadar asla tatmadığım bir hazzı yaşıyorum. Sabahlara kadar Rabb'ime dua edip ondan af dilemenin doyumsuz mutluluğu içindeyim. Bütün bunlar sizin sayenizde oldu. Allah ebediyen sizden razı olsun. Ama bütün bu güzelliklere rağmen ben bu evin yabancısıyım, daha fazla size yük olmaya hakkım yok. Benim yüzümden üzülmenizi istemem. Onun için artık sizden izin isteyeceğim.

Karşımda beni büyük bir dikkatle dinleyen Hacer Teyze, bir anda heyecanla ayağa fırladı.

– Sen neler diyorsun, kızım, dedi gözleri dolu dolu. Sen benim yüreğime indirmek mi istiyorsun? Sen benim kucağımdan en tatlı bebeğimi, en sevdiğim çocuğumu almak mı istiyorsun? Senin benim yanımdaki yerin kalbimde, yüreğimde saklı...

Ben senin sadece Hacer Teyze'n değilim annenin de ahiret yoldaşıyım. Sen bana ondan yadigârsın. Yani benim öz be öz kızım gibisin. Buradan gidersen sana dayanamam. Bana dünyanın en büyük kötülüğünü etmiş olursun.

Ölene kadar anne-kız gibi bu evde beraber kalacağız, diye sevincimden Rabb'ime şükrediyordum. Sen de kalkmış, benden izin istiyorsun. Bu yapılır mı Allah aşkına! Eğer yanında en ufak bir değerim varsa sil o düşünceleri aklından.

Bu iyiliğe, bu inanılmaz sevgiye ve bu ölçülmez şefkate daha fazla dayanmak mümkün müydü?

Ana-kız gibi sarıldık birbirimize... Yine gözyaşlarımız birbirine karıştı. Onun doyumsuz sevgisini ta içimde hissediyordum. Onun engin, tertemiz duyguları sanki başımı döndürüyordu.

Artık o evin kızıydım

Kaldım o evde... Hacer Teyze'yi annem bilerek... O evi kendi evim sayarak...

Bir taraftan Çiğdem'in bir taraftan da Hacer Teyze'nin ve bir taraftan da haftada bir gün eve gelen hanımların o doyumsuz sohbetleri, ufkumu açıyor, kalbimi temizliyor ve imanımı artırıyordu. Sanki o ev, sıradan bir ev değil, bir medrese gibiydi. O evde eğitiliyorduk.

Altı ayı geçmişti, Hacer Teyze'nin yanına geleli... O altı ay, Rabb'ime binlerce şükür ki çok şeyi değiştirmişti. Tamamen kendime gelmiştim. Beynimi kemiren şüpheler, isyanlar kalbimde beni yiyip bitiren çirkin geçmişim bir buz gibi erimişti. Tamamen kendimi Rabb'imin huzuruna bırakmış, O'nun rahmeti ve merhameti ile umut bulmuştum.

Bütün bu harika günlere rağmen geçmiş defterlerin pislikleri zaman zaman uykularımı da kaçmıyor değildi. Ama bu korkulu saplantı ve takıntı, gün geçtikçe azalıyordu.

YEDİNCİ BÖLÜM

Küçüklüğümden beri toz-pembe hayalleriyle yaşadığım bir olay gerçekleşti; hem de hiç umut etmediğim bir anda... Evleniyordum. Gürültüsüz, patırtısız, sessiz ve sedasız... Hayatımda ilk defa mutluluğun sihrini yakalamıştım. Ya Rabb'i ne olursun, sonunu da getir...

Hiç Beklemediğim Bir Anda İnanılmaz Bir Olay Gerçekleşti

Büyük sürpriz olmuştu

Çiğdem'in düğün günü yaklaşıyordu. Evler, Hacer Teyze'nin oturduğu dairenin bir üstünde olduğu için, biz de kendimizi bu düğün hazırlığı içinde bulmuştuk. Çiğdem babasıyla birlikte kaldığı için, her akşam ya o aşağıya iner ya da biz yukarı çıkardık, böyle birbirimize destek olurduk. Bu yüzden onun düğün işlerini de birlikte takip ediyorduk.

O gece Çiğdem'in davetlisiydik.

– Size bu akşam özel yemek yapacağım, babam da evde yok. Baş başa bir yemek yiyelim, dedi ve Hacer Teyze ile beni çağırdı.

Yemeklerimizi yedik, masadan kalktık, çaylarımızı içiyorduk. Baktım ki Hacer Teyze ile Çiğdem birbirine işaretlerde bulunuyor. Sanki benden sakladıkları veya bana söylemek istedikleri önemli bir şey vardı.

Önemli, diyorum; çünkü kolay kolay benden bir şey gizlemezlerdi. Eğer benden gizledikleri bir şey varsa bu çok önemli bir konu olmalıydı.

Önce benim geçmişimle ilgili taze bir haber mi ulaştı, diye çok korktum. Ama yüzlerinde bunu belli eden olumsuz bir ifade de yoktu.

Çok sürmedi bu durum. Tam karşımda oturan Hacer Teyze, ezilip büzülerek sanki çok mahcup bir eda ile:

– Sevda kızım, dedi. Biz Çiğdem'le senin için önemli bir konu düşünüyoruz. Bir de sana soralım, fikrini alalım, dedik. Bilmem ki sen ne dersin?

Doğrusu çok merak ettim.

– Hayırdır inşallah, diye atıldım biraz korku, biraz da endişe duyarak...

Yine Hacer Teyze binbir şekilde eğilip bükülmeye devam etti. "Kırarım, üzerim!" diye bir türlü konuya giremiyordu.

– Hacer Teyze, dedim. Beni çok heyecanlandırdın. Neyse söyleyin Allah aşkına!

– Yavrum, dedi o şefkat dolu sesiyle... Sen gençsin, güzelsin, hayatın başındasın. Çok güzel günlere, çok iyi yerlere layıksın.

Seni burada hapsettik diye kendi kendimize üzülüyoruz. Bunun için de Çiğdem'le düşündük, taşındık sana münasip bir talipli bulmaya karar verdik.

Önce bu inceliği anlayamamıştım.

– Yani beni uğurlamak istiyorsunuz öyle mi, dedim.

Hassas ve pırlanta gibi bir ruha sahip olan Hacer Teyze ve yanı başında oturan Çiğdem, birden telaşla atıldılar.

– Hayır! Asla!.. Sakın böyle bir şey aklına gelmesin. Senin başımızın üstünde yerin var. Bizim niyetimiz bu değil. Senin daha mutlu, daha huzurlu olman için düşündük bunları... İstedik ki kendine ait mutlu bir yuvan olsun.

Anlamıştım...

Hacer Teyze devam etti:

– Bir de talipli bulduk, dedi.

İşte buna çok şaşırdım.

– Bana talipli buldunuz ha?

– Evet, kızım.

İçimden geldiği gibi, atıldım bu sefer:

– Hacer Teyze, bana talipli olan ya beni tanımıyordur ya da biraz yarım akıllıdır.

– Hayır, kızım ikisi de değil. Hem seni çok iyi tanıyor hem de dünya iyisi bir beyefendi. Tek kusuru yaşı biraz senden büyük.

Ne diyeceğimi bilemedim. Kendimi evliliğe hazır hissetmiyordum. Bu kadar kötü bir hayattan sonra evliliği becereceğimi hiç sanmıyordum. Bu benim için çok zor olacaktı.

İkincisi de her an geçmiş hayatım yüzüme vurulacak diye korku içinde asla mutlu olamazdım.

Ama yine de sordum:

– Kim bu bey?

Hacer Teyze ile Çiğdem bir an baktılar, tebessüm ettiler. Cevap Hacer Teyze'den geldi.

– Çiğdem'in babası; yani benim oğlum, Yusuf...

Allah'ım!..

Utancımdan yüzüm kızardı bir an. Bu nasıl olabilirdi? Beni bilen, tanıyan, onurlu, kültürlü ve mutlu bir erkek, buna nasıl teşebbüs ederdi? Yoksa çok acıdığı için mi bunu yapıyordu?

İçimde müthiş bir çelişki çukuruna düştüm. Bu aileye "Hayır" diyemezdim. "Hayır" demek aptallık olurdu. Ama "Evet" de diyemezdim. Çünkü bu insanların iyiliği altında ezilmekten korkuyordum. Sustum bir müddet...

Çiğdem heyecan içinde:

– Ne dersin Sevda, dedi.

Başımı yere eğdim. Yüzüm kızararak, kalbim çarparak bir şeyler söylemek zorunda kaldım.

– Size gelin olmak, benim için en büyük şereftir; ama benim kim olduğumu da çok iyi bilmeniz lazım. Eğer beni biliyorsanız nasıl bu halimle beni kabul edebilirsiniz? İçinize bunu nasıl sindirebilirsiniz? Şimdi sindirseniz de yarın, öbür gün bu iş bozulabilir, asla yürümez.

– Korkma yavrum, dedi Hacer Teyze. Biz her şeyi konuştuk. Gerek ben gerek oğlum Yusuf gerekse Çiğdem seni istiyoruz, seni seviyoruz ve senin bir gelin olarak evimizde kalmanı istiyoruz.

Bu inanılmaz iyilik, bu görülmedik şefkat ve sevgi karşısında daha fazla dayanamadan ağlamaya başladım.

– Siz razı da olsanız, siz beni isteseniz de ben bu temiz evde, sizin gibi temiz insanlarla kirli geçmişimi nasıl paylaşabilirim? Günahlarımla size nasıl gelin olabilirim? Yusuf Bey'e karşı nasıl masum rolü oynayabilirim?

Hacer Teyze, yine o sımsıcak annelik şefkatiyle kollarını boynuma sardı, beni öptü, kokladı.

– Benim talihsiz yavrum, dedi. Sen bu günahlara isteyerek girmedin. İsteyerek o pisliğe bulaşmadın. Ama isteyerek o pislikten kurtulmak için çırpındın. O günahlara tövbe etmek için sabahlara kadar gözyaşı döktün. Biz senin saflığından, iyi niyetinden ve dürüstlüğünden faydalanıldığını, kandırılarak tuzaklara düşürüldüğünü biliyoruz.

Günahlar ne kadar çok olursa olsun, Allah'ın rahmeti, affı ve merhameti her günahı temizlemeye yeter. O kendisine dönen, pişman olan hiçbir kulunu kapı dışarı etmez. Yeter ki bir daha aynı hatalar ve günahlar işlenmesin. Zaten sen de bunun için çırpınıp duruyorsun.

Mutlu bir dünyaya ilk adımımı attım

Bu kapı bana Allah'ın yeni bir ikramıydı. Bu inanılmaz bir şeydi. Beni o ailenin kabul etmesini hayal bile edemezdim. Ama Rabb'im isterse her şey yerli yerine oturur ve düzene girerdi.

Allah'ın işine bakın ki bana küçüklüğümden beri bir anne sıcaklığı ve bir anne sevgisi gösteren Hacer Teyze kayınvalidem oldu. Yani onun gelini oldum.

Yusuf Bey, tam bir Allah adamı...

Saf, temiz ve dürüst...

Özü sözü bir...

Hayatını Allah'a layık bir Müslüman olarak yaşamak için planlamış...

O, bütün ömrünü iman ve Kur'an hizmetlerine adamış... Onun en büyük derdi, fakir talebeler, kimsesiz gençler ve yardıma muhtaç insanlar...

Beni umduğumdan daha iyi karşıladı, kabullendi. Onun sevgisi ve desteğiyle mutlu bir yuva kurduk.

Evimiz bir medrese oldu

Evimiz bir medrese oldu âdeta. Namazlarımızı cemaatle kılıyoruz. Namaz sonunda tesbihatı birlikte yapıyoruz ve mutlaka her namazın ardından da Kur'an tefsiri okuyoruz. Yani Yusuf Bey'in sayesinde evimiz okula döndü.

Yeni yuvamızda bereket var, huzur var, ümit var. Rabb'im bu düzenimizi ve bu Cennet misal mekânımızı bozmaz.

Şimdi Yusuf Bey'le aramızda yalnızca bir nikâh var. Çünkü o beni yalnızca çevreye kaşı korumak ve çaresizliğime çare olmak için kabullendi yoksa onun başka bir beklentisi yoktu. Ama bunu ne Hacer Teyze ne de Çiğdem bilmiyor. Meselenin aslını da asla kimse bilmeyecek. Zaten evimizdeki huzur her şeyi gölgede bırakıyor.

Bütün bu ağır tecrübelerden sonra anladım ki hakiki huzur, hakiki lezzet ve hakiki mutluluk, iman ve Kur'an ile mümkünmüş. Allah'a layık bir kul olmanın huzurunu hiçbir şey vermiyormuş. Onun önünde secde edip gözyaşı dökmek kadar ruhu temizleyen, rahatlatan ve pak eden hiçbir şey yokmuş. Allah bizleri Kendisinden ayırmasın.

Annemi rüyamda gördüm

Evlendikten sonra annemi rüyamda görmüştüm.

– Nasılsın anne, dedim.

– Çok iyiyim yavrum, dedi. Ben ve ağabeyin çok iyiyiz. Ama babandan haber yok.

İçimdeki korkuyu anneme açtım.

– Günah işleyenlere ne yapıyorlar anneciğim, diye sordum.

Rahmetli annem ne öğrenmek istediğimi çok iyi anlamış gibi cevap verdi.

– Korkma kızım, dedi. Günahsız kul olmaz. Yaptıklarından pişman olup tövbe eden ve bir daha işlemeyen kullara Allah rahmet ediyor. O'nun rahmeti bütün âlemi kaplamıştır. O'ndan ümit kesme. Tövbe etmeye, O'na layık kul olmaya devam et. Seni çok özledik. Yanımızda sana da yer ayırdık, bekliyoruz.

Uyandım... Evet... Her an kapımızı çalacak olan ölüme hazırlanmak lazım. Eğer hazırlıksız yakalanırsak çok pişman oluruz. Bunun dönüşü ve telafisi de yoktur.

Mevla'm ölüm gelmeden ölüme hazırlıklı olan kullarından eylesin! Rabb'im bizi kendine layık bir kul eylesin!

Şimdi beynimde durmadan yankılanan bir yalvarış çığlığı var: Rabb'im! Gençleri benim gibi hatalarının kurbanı etme! Onlara akıl ve duygu gözü ver de kendilerini ateşe atmasınlar! Hacer Teyze ve Yusuf Bey gibi insanların da sayılarını artır!.. Âmin...